生きがい創造

人生を楽しくするヒント

牟田慎一郎

集広舎

はじめに

　あなたは、朝、目覚めたとき、何かすることがあって「さあ、今日はどんな人に逢えるだろう！」「今日は、何が起こるかな？」などと、わくわく、ドキドキ、うきうき、ときめいていますか？

　定年退職した団塊の世代が700万人とも800万人ともいわれる時代、退職後に定職につかない人を、全体の約3割としても、その数は約200万人にもなります。

　一方、定年退職後の自由時間は、人生80年としても、仕事してきた総時間と同じ12万時間以上あるのです。人生100年ともいわれるようになった今日、さらに自由時間は増えます。この時間をどう過ごすか、毎日何をするかが大きな問題となります。また、現在職についている人も、忙しさにかまけて自由時間を見落としている人が多いのです。シニア世代の皆さんのみならず若い人々を含めて、何をしたらいいのかわからない、生きがいが見出せないという方々に、生きがいのある楽しい人生を構築していただくために、私の生き方、考え方が、少しでも参考になればと思います。

　また、若者たちと話をする中で、「あなたの夢はなんですか？」と聞くと、「牟田さんのような人になることです！」という答えが返ってきたり、多くの人から「牟田さんのような人生を送りたい！」という嬉しい言葉を聞くので、私の歩んできた道や人生観がみんなの役に立つのではと思いこの本を書くことにしま

した。

　といっても私は、学者でも作家でもありません。ある会社に36年10か月勤めて、60歳で定年退職したごく普通のサラリーマンです。だからこそ、私と同じ境遇の多くの皆さんに、いま毎日を楽しく、生きがいを持って、人生を楽しんでいる自分の考え方や生き方を伝え、その中から人生を楽しくするヒントを一つでも得て、実践し、生きがいある人生を築いていただければと願っています。

　たった一つしかないかけがえのない自分の人生ですから、楽しく生きがいを持って過ごすに越したことはありません。

　自殺者が依然として年間2万人を超え、その大部分を50代と60代が占めています。シニア世代の死因は、病気などの健康問題で、精神疾患が最多となっています。また、若年層の自殺率は、世界トップクラスで、事故死を上回っているという世界にまれなる国になっています。親が自分の子を殺したり、こどもが親や友達を殺したり、いじめにあったこどもが自殺をしたり、地位も名誉もある人が自ら命を断ったりといった暗いニュースが新聞やテレビで報道されるこの世の中、なにかが狂っているように思えてなりません。「子は親の鏡」「カエルの子はカエル」などと言われることからも、こどもの行動をうんぬんするまえに、親やそれを取り巻く大人の生き方を変えないと、この状況を打開できないのではないかというのは思い過ごしでしょうか？

　周りの大人が、親が、夢を持ち、生きがいを持って人生を喜々として歩んでいる姿こそが、こどもの明るい未来や楽しい平和な

世界を創りだすことになるのではないでしょうか？

　80歳まで生きるとしても定年後20年以上はあるのです。行動を起こすなら早いに越したことはありません。定年になってから……なんて考えている皆さん、いまから思い立ってください。いまこそ、生きがいある人生を、自らの手で築こうではありませんか！

　インドのデリーを訪問したときに、ガンジー博物館を訪問する機会がありました。そのとき目にして私の心を打ったガンジーの言葉が、

　My Life is My message

でした。まさに自分の生きている姿が、皆に伝えたいことだというのです。私もこの言葉を目指して、これからの人生を歩んでいきたいと思います。

2021年（令和3年）1月1日

牟田慎一郎

目　　次

人生を楽しくする三つの心

誘われたら行く、
頼まれたらやる

なんのために生きているの？

　がむしゃらに仕事をしていて、ふと立ち止まって自分自身を考えたときに「何のために生きているのかな？」とふと疑問符が出てきました。

　バブルの絶頂期。仕事がめちゃくちゃ忙しくて立ち止まって振り返る時間などありませんでした。そんな中、単身赴任の仕事が舞い込んできて、自分自身を振り返る時間ができたことは私にとって幸いでした。

「何のために仕事をしているのか？」「食べるため？」それじゃ寂しいな！「楽しい人生を送るため？」う〜ん、少し近いような気がする。「楽しい人生って何だろう？」「自分の夢を実現するため？」「自分の夢って何だろう？」「お金持ちになること？」「お金持ちになったら幸せになるのかな？」「幸せって何だろう？」「豊かさって何だろう？」など、私の頭の中は、疑問符だらけになりました。

　こんなことを突き詰めながら考えていると、なんだか哲学の世界に入っていく自分を感じました。そこで「生きがい」という言葉にも出会いました。同じ一生であれば、より楽しく「生きがい」を持って過ごしたいと漠然と思っていたのですが、またここで「生きがいとは？」という命題にぶち当たりました。

　生きがいとは、自分自身を知り、人と違う何か、すなわち個性や創造性を自分の中に見出し、それを育て高めていきながら、自

己実現・夢の実現に結びつける過程ではないかと自分なりにまとめてみました。ある目標に向かって突き進んでいるとき、あることを成し遂げたときなどにも生きがいを感じるのではないでしょうか？

　一方、生きるために避けて通れないのが「四苦八苦」です。「四苦」とは「生老病死」のことです。四苦八苦の「八苦」とは、生老病死の四苦に「愛別離苦」「怨憎会苦」「求不得苦」「五陰盛苦」の四苦を加えたものだそうです。これらの苦しみは、この世に生を受けた万人が逃れられない必然的なものだといわれています。これが、ストレスの源にもなっているのです。したがって、この四苦八苦と上手に付き合い、「生きる楽しみ」を見つけ、これらの苦しみを最小限にとどめ、そこから生じるストレスを軽減する工夫が必要になってきます。

　ストレスは、自分のものさしで、相手のことや物事を計ろうとし、その範囲を超えているときにも生じます。したがって、異文化交流やボランティア活動などを通じて、数多くの個性豊かな人々に会うことにより、自分のものさしを広げれば、多様な個性をもった人やものごとを寛容できるようになり、ストレスも軽減されるのです。ほとんどの病気は、ストレスが原因だと言っても過言ではないと思います。だからこそストレスをなくすことを考えましょう。

　旦那さんが定年を間近に控えたある奥さんが、「定年になって、毎日亭主が家にいると思うとゾッとする」と言うのを聞いたことがありますが、奥さんにとっては、亭主からいままでの生活

のリズムを壊されたくない、濡れ落ち葉になられて、ストレスを受けたくないというのが本音でしょう。だからと言って、毎日ゴルフや旅行、あるいはパチンコなどで外出ばかりというわけにもいきません。要するに奥さんのストレスの因子とならないような自分の心地よい居場所が必要になってくるのです。そのためには趣味という引き出しをたくさん持ち、個性豊かな、創造性あふれる自分自身を築いていけば、友達もたくさんでき、目標に向かっての行動力が生まれ、夢の実現が加速されるのではないかと思います。

　たまには立ち止まって自分を振り返る時間をつくって、「何のために生きているのか？」など、原点に立ち戻って自分を見つめましょう！　コロナ感染で、自宅にいる時間が多くなったいまこそ、そのチャンスかもしれません！

人生に対する考え方の原点

　現在の自分を振り返ったとき、やはり生まれ育った環境、周りの人々の影響が大いにあったことを感じます。

　福岡県中央部に位置する筑後平野の真っただ中の田んぼに囲まれたド田舎で、農家の長男として生まれ育ったのですが、伯母が結婚してハワイに移住したことで、海外に対する意識はこどものころからありました。

　小学校１年生のとき、帰郷していたその伯母が、サンタクロースの格好をして学校を訪れ、チョコレートやお菓子をクラスメートに配ってくれるなど外国の風習を知ることができました。

　伯母の息子（いとこ）が米軍に所属していて、福岡の春日市にあった米軍基地にやってきたとき、基地内のマーケットからコーラを買ってきてくれました。そのコーラを家族や親戚のみんなとはじめて飲んだときに、「アメリカの人たちはなんでこんな薬みたいなまずいものを飲んでいるのか？」と思ったこともあります。いまでは普通にコーラを飲んでいますが、当時は、甘いジュースやラムネ、アイスキャンディといった類しかなかったので、外国の飲み物は口に合わなかったのだと思います。

　その伯母の娘（いとこ）が小学校の国語（英語）の先生になって東京の福生市の米軍基地に赴任したので、学校に遊びにいってこどもたちと遊んだことも思い出されます。

　つまり、田舎暮らしであったにもかかわらず、居ながらにし

て、海外の人々の生活ぶりを垣間見、その文化に接し、知らず知らずのうちに異文化交流をしていたのです。

　また、米軍にいたいとこが、カメラを私の父親にプレゼントしてくれ、父がお座敷で写真の現像や引き伸ばしをしていたことが、現在の私の趣味である写真の原点になっていることも否めません。

　こういう私を取り巻く周りの環境が、自分自身の人生に大きなインパクトを与え、強く影響していることは間違いありません。そういった影響でしょうか、若いときから、ときどきホームパーティを行い、その案内状のキャッチに「Let's enjoy our life」という言葉を入れていたことを思い出します。

　私の人生に対する考え方の原点は、この幼少期の環境と経験にあるのかもしれません。そういう意味においても、小さいころから世界の環境の中で文化に触れさせておくことは、こどもの成長にとって重要なことだと思われます。「可愛い子には旅をさせろ！」というのは、こういうことを示唆しているのだと思います。

人がやっていないことに挑戦する

　親の趣味に影響され、父のカメラに興味を持ち、中学時代から自分でも写真を撮り始めていたことで、大学時代は、アルバイトでお金をため高いカメラも買って、写真部の部長になり活動していました。

　大学の文化祭で写真展をすることになって、なにかほかでやっていないことをやりたいと思って。「写真の調色」を手掛けました。白黒写真を特殊な液体に浸け漂白し、金調色（赤）、鉄調色（緑）、セピア調色（茶）などほかの色に変える手法です。来場した皆さんから、「さすが工業大学の写真部だ！」とお褒めの言葉をいただき、嬉しく思ったのを覚えています。

　大学卒業後の1970年、家の半分を改築し、写真の暗室を作って、白黒写真の現像はもちろんのこと、いち早くカラー写真の現像も手掛けました。と同時に、当時、普通の家庭にはあまりなかったセントラルヒーティング（集中冷暖房装置）を設置したり、居間に大きなスクリーンを設置して、スライド写真や8ミリムービーの映写ができるようにもしました。

　1980年代の初期には、これからの時代は、マイクロプロセッサーとレーザーの時代になると、時代を先取りして、パソコンを友達と一緒にいち早く買って勉強しました。この時期にパソコンに親しんだ同年代の人たちは、あまりいなくて、早く取り組んでよかったなぁとつくづく思っています。

バブル絶頂期の1991年には、一般に山や海の近くに建てる別荘を、みんなの協力を得て、自宅から歩いて1分というすぐ近くに建てるということもしました。

　写真が趣味だったことから、2009年、はじめての写真個展を開こうとしたとき、テーマの選定にあたって、花の写真や虫の写真を撮っている人は多いが、花と虫を一緒に取っている人はそんなに多くないだろうと、テーマを「花と虫」にして個展を開いたところ、好評を得ました。

　同年代のシニアがなかなか持っていないスマホもいち早く買い、慣れ親しみました。Facebookも海外から訪れた若者たちから紹介され、まだ日本はおろか世界でもあまり普及していないときに使い始めました。現在の活動は、Facebookなしでは考えられないほどになっています。

　新しいもの好きと言ってしまえば、それまでですが、このように、人がやっていないことを先取りし新しいことに挑戦するということは、来るべき新しい時代を楽しく楽々と過ごせることになるのではと思います。

　人と同じようなことをしていたのでは、やりがいも感じられず、大げさに言えば、社会における自分自身の存在感さえ失われます。

　「人がやっていないことに挑戦する」ことは、たとえ失敗してもそこに新しい学びがあり、自分の個性をみがき、創造性などの能力を高めることに大いに役立ち、生きがいにもつながるのです。

10年先を読む——生活様式を考えた改築

　会社に入社してまもなく、大阪万国博覧会があった1970年、自宅の半分を改築しました。

　私の実家は、筑後平野の真っただ中にあり、周りを水田に囲まれた典型的な田舎の農家でした。玄関の横に勝手口があり、広い土間には、自転車が何台か置いてあり、そのまま奥に進むと、土間の食堂、一番奥には、土間の台所があり、「竈」という麦わらや薪を使ってご飯を炊いたり、お湯を沸かしたりするかまどがありました。手押しポンプで井戸からくみ上げ、おふろに水を張り、同じく麦わらや薪で沸かしていました。

　食堂や台所が土間だというのは、農家の典型的な間取りで、農作業で汚れた足のままでも食事を作ったり食べたりでき、すぐ仕事にもどれるからです。

　勝手口を入るとこたつが真ん中にある6畳ほどの狭い居間、左手には、4畳半ほどの「番屋」と呼ばれる両親の寝室がありました。お客さんが来ると、「次の間」より更に奥の「お座敷」に通します。父が対応している間、母は台所でお茶を沸かしたり、食事を作ったりしていて、母はお客さんと話をする機会は、ほとんどありませんでした。

　また、お米を生産しているにもかかわらす、食べているご飯は、いいお米を出荷した後に残った、くず米を炊いたものでした。

そこで、出てきた疑問が、

「お米を生産している農家が一番おいしいお米を食べるべきでは？」

「家族が最も長く過ごす居間を一番快適な部屋にすべきでは？」
でした。そこで、これらを改善する目的で、家の半分近くを改築
する計画を立てました。

「理想の住まいとはなにか？　住まいはどうあるべきか？」を考
えながら、間取りと設備・環境・デザインを考えました。そこ
で、

「家族が最もよく使う部屋を最も快適にする」
をコンセプトに間取りや設備を設計しました。これは、後述する
インナーリゾートの考え方だと後になって気づきました。

　土間をなくし、狭かった居間を食堂と合わせて広いワンルーム
とし、その一角に台所をつくり、居間との間に両側から座れるカ
ウンター式の食卓を設置し、流し台から振り向けば、そこに食卓
がある配置とし、母の負担を最小限にするとともに、台所仕事し
ながらでもお客さんや家族と接することができる部屋にしまし
た。4つあった部屋を2つにまとめると、居間が14畳、隣の部屋
が10畳という広い部屋になりました。暖房効率が悪いんじゃな
いかと、家族から反対される面もありましたが、当時開発を担当
していた、冷暖房用循環ポンプの実用化試験を兼ねて、当時の田
舎においては最先端の石油ボイラー式のセントラルヒーティング
システムを導入しました。これは、従来のこたつ暖房では、こた
つの周りに張り付いて非活動的なことに対し、全部屋暖房にする

ことで部屋の中を自由に動き回れること、室内で火をつかわないので、とくにこどもができたときにやけどなどの心配もない安全で健康的で快適な住まいを目指したものでした。

　また、趣味の写真のための暗室をつくり、居間には、撮影した写真（スライド）やムービーを映写できる2m角の大きなスクリーンも設置しました。

　さらに、玄関を広く取り、そこに噴水を設け、居間との間をガラス張りにして、噴水や観葉植物を配置しようとしましたが、これは断念しました。

　それでも、当時の田舎の家としては、ほかにない画期的なものとなりました。

　こういう部屋が、後の時代になって「LDK」すなわち「リビングダイニングキッチン」と呼ばれるようになりました。当時は、まだ「LDK」という言葉が存在しない時代でしたが、結果的に先取りした、10年先を見越した改築となりました。

　その2年後に、第1次オイルショックに見舞われ、ものの値段が、一挙に2倍以上に跳ね上がりました。家の値段も例外ではなく、いいタイミングで改築したものだと思いました。

　その後、石油式のセントラルヒーティングを、深夜電力を利用した電気温水器と個別式のファンヒーターに取り替え、カウンター兼食卓を少し広くし、じゅうたんを張り替えるなど若干の手直しはしたものの、いまでも、快適な部屋として使っています。

　先を読むことは楽しいことであり、予想していたように世の中が変われば、時代を先取りしたことに対する満足感も味わえるも

のです。

　振り返ってみると、

　・10年先の生活様式を考える

　・一番長くいるところを最も快適にする

　・家族の負担を軽減し、みんなが楽しめる空間とする

といったコンセプトがよかったのだと思います。

Before

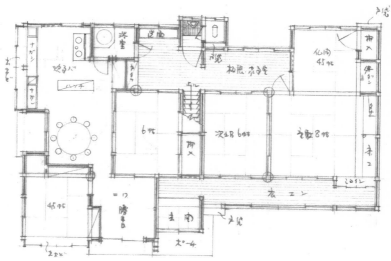

After

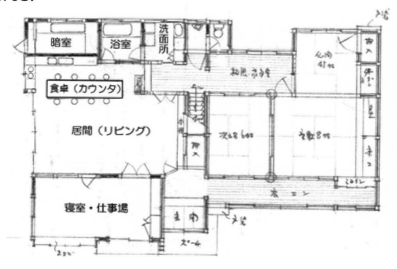

ひろくひろく、もっとひろく

　入社して間もないころ、会社で、社員を対象にした講演会が行われ、薬師寺管長の高田好胤さんの話がありました。

　その中で「もしあなたが満員電車の中で足を踏まれたらどうしますか？」という質問が皆に投げかけられました。

　①相手をにらみつけて怒る。

　②なにごともなかったように振る舞う。

　③足を踏まれたにもかかわらず、思わず「すみません」と言う。

など、人によって対応はさまざまでしょうね！と話は続きました。

　①の場合、ひょっとすると喧嘩になるかもしれない。

　②の場合、何も変わらない。

　③の場合、相手は、「いいえ、こちらこそどうもすみません」と謝り、そこから会話がはじまり、お友達になるかもしれない。

　つまり、同じ事象であっても、自分自身の受け取り方、対応しだいで、喧嘩になったり、友達になったりと大きな違いが出てくるというお話でした。

　いい結果をもたらすには、「心をひろく、ひろく、もっとひろく持ちましょう！」という仏の教えを説くものでしたが、いまでも強く心に残っています。広い心を持つことで、寛容性が育まれ、争いごとも少なくなるでしょう。

　世界は広く、地球上には、国連加盟国だけでも190を超える国があります。その中の日本という小さな国。その中で、自分のいる場所は、地図上では、小さな針の先にもならないかもしれない。そこで起こるさまざまなことを、大きな視野に立って判断することは、とても重要なことだと思います。

　地球が存在する太陽系を含む宇宙を考えると限りなく広い。ちっぽけな地球上のさらにちっぽけな空間での人間と人間の争いなんて、とるに足らないもの。そう考えると、職場での人間関係でのいざこざなど、いかにとるに足らないことかと思えてきます。

　いやなことがあったとき、美しい星の輝きを見つめ、広大な宇宙に思いを馳せたり、広い世界の国々のことを考えれば、悩みやストレスも消えていくものです。

　あるとき、不登校の子を持つ親から、「こどもの行っている学校の小学5年生のクラスが、学級崩壊しているようだから、一度話に行ってくれませんか？　先生には話をしておきますから……」という電話がありました。

「いいですよ！」と返事をすると、後日先生から電話が入って具体的日時の打ち合わせをしました。でも、よくよく考えると、学校の先生でもないので「学級崩壊」がどういうものかもよく知らず、どういう話をしたらいいのか少し悩みましたが、そこで行きついた考えは、たぶんこどもたちの意識が内向きで、学校のクラス内の事に終始し、友達関係がぎくしゃくしているのではと思い、こどもたちの心を外に向けたらいいのではないだろうか？と

いうものでした。

　そこで、話のテーマを「世界の
国々と人々の暮らし」とすること
にしました。世界には、たくさん
のいろいろな国があること。とく
に身近な東南アジアの人々がどん
な暮らしをしているかを、こども
たちに知ってもらおうと思いまし
た。

　国旗を切り口にして、いろんな
国があることを知ってもらい、世
界の国々に興味を持ってもらうと
ともに、海外で実際に自分が撮影
した写真だということを前置きし
て、それらの写真を見せながら、
ベトナムの普通の家庭では、食事
の準備に水は井戸からくみ上げ、
煮炊きには薪を使っていて、同じ
屋根の下で豚を飼っていること、
スリランカの田舎では、青空の下
でシャワーにかかっている人々が
いること、バングラデシュでは、
貧富の差が大きく、子守りなど
で、学校に行きたくても行けない

青空の下でシャワーを浴びるスリラ
ンカの里子

学校の正門前で子守りをしながらた
たずむバングラデシュの子

こどもたちがいること、またフィリピンでは、勉強机もないようなスラムに住んでいるこどもが、頑張ってクラスで一番になったことなどを話しました。

　後日、不登校だったこどもの親に、こどもの感想を聞いてみたら、「日本に生まれてよかった！」とのことでした。とりあえず伝えたいことは伝わったかなと思いました。

　日々生活していると、「足を踏まれる」みたいな些細なことにとらわれがちですが、情緒豊かな「ひろい心」と世界に目を向けた「ひろい視野」を持つことで、争いのない平和な社会になることを祈ってやみません。

10年先を読む──レーザーとパソコンの時代

　大阪万国博覧会から10年が経った1980年ごろ、高度成長期の真っただ中で技術の進展も目覚ましかったとき、「これから10年先はどんな時代になるだろう？」と仲間とディスカッションしました。そこで得た結論は、マイコン（マイクロコンピュータ）とレーザーがキーテクノロジーの時代になるだろうということでした。そこで、仲間とレーザーやマイコンの勉強を始めました。

　そんな中、NECからパソコン（PC-8001）がなんとか手に届く値段で発売されました。1981年の3月、そのパソコンを、設立してまもない従業員3人程度のシステムソフト社から仲間と一緒に購入しました。当時のパソコンは、本体のメモリーが16KBというかわいいものでしたが、価格は16万8000円と，給料約1か月分に相当する高い買い物で、私にとっては大英断でした。それから毎週土曜日にパソコンを買ったシステムソフト社に通って、仲間と手探りの勉強会を開きました。はじめて触るパソコンにとまどいながらも、わかったことをノートに整理しながら、勉強を続けました。

　3か月ぐらい経ったある日、パソコンを買ったシステムソフト社のK社長が、パソコンに関する私のメモを見て、「これを本にしたら面白いかも……」と言い出しました。私も「勉強にもなるし、やってみましょう！」とその誘いに乗りました。それから毎晩遅くまでパソコンとの格闘が続きました。次から次にわからな

いところが出てきましたが、好奇心が勝り、それを一つ一つ解決していくのが面白くて、寝る間も惜しいくらいでした。

　しかし、よくよく考えて見ると、本を出版するということは、現在働いている会社の仕事と別に仕事をするということになり、就業規則に違反する恐れがあるのではと思い、ペンネームで出版することにし、ペンネームも考えました。

　そんなとき、そのパソコンを購入したシステムソフト社から、「日本経済新聞の記者が、パソコンのことを勉強したいと言っているから会って相談に乗っていただけませんか？」との依頼があり、連絡をとって会うことになりました。

　会社に訪れた新聞記者と、パソコンのことだけではなく、本を書いていることや家庭のことなど、いろんな話をして別れました。

　数日後の日曜日の朝、新聞を広げてみてびっくり、なんとそこには、私の顔写真が乗った記事が、社会面トップの「人」というコラムにあるではありませんか！

　翌月曜日、勤務先の社長

「朝日新聞」1981年11月15日付。社会面のトップに自分のことが紹介された

秘書から電話があり、「社長が会いたいといっているので来てくれませんか？」との連絡がありました。本の出版のことがバレたのではないかとおそるおそる社長のところへ行ったところ、社長から「君、パソコンの本を書いているそうだな！ 完成したら、俺にも１冊くれよ！」と言われました。

出版したパソコンノウハウ集の表紙

心配していたことが、すーっと消えて、晴れ晴れとした気持ちで、社長室を出ました。そんなわけで、著者名は思い切って本名を使い、勤務先も実名で掲載することにしました。パソコンの発売元のNEC（日本電気）は、電気製品の同業者であり競争相手でもありましたが、当時、パソコンの自社製品はなかったので幸いでした。

仲間の協力も得ながら、年末についに原稿が完成しました。そして、数回の校正を経て、3月に発売の運びとなりました。

専門書は、１万冊売れたらベストセラーだと言われていましたが、どんなに売れても5000冊ぐらいだろうと思いました。しかし、出版社から「最低7000冊は売らないと採算が合わず、価格も2900円と高めに設定せざるを得ません」との話がありました。

ほんとに売れるだろうかと心配でしたが、そんな心配をよそ

に、発売当初から好調な販売でした。パソコンの発売元のNECから4000冊もの大量注文が入ったというのも大きな理由でした。どうしてそんなに大量に購入されたのか聞いたら、ちょうど同時期に、福岡の大濠公園でふくおか82大博覧会が開催されており、NECパビリオンへの招待客にお土産として配布するらしいということでした。そういう幸運にも恵まれ、たった1か月で1万冊が売れ、5月はじめには、1万冊完売のパーティを開いていただき、記念の盾までいただきました。地方出版の本が全国ヒットしたということで話題にもなりました。業界紙の統計欄でも、専門書の部門で、何週間もベストセラーを記録しました。一般書を含めた総合ランクでも、一時、ベスト3に入るほどでした。私にとっては信じられないことでした。

　さらに、その人気を知ってか、パソコン出版大手のアスキー出

地方出版全国ヒット

九州のシステムハウス
先端技術のマイコン書

　九州のシステムハウスが、東京を中心に全国的に好調な売れ行きを見せ、出版業界の話題になっている。今まで地方出版物といえば郷土の歴史や民話などが中心で、「ローカル色」が強かった。今回先端技術であるマイコンの本がヒットしていることからみても、地方出版物のイメージは変わりつつあるようだ。

　この本は、中堅システムハウスのシステムソフト福岡（本社福岡市、社藤喬正氏、資本金二千万円）の出した「PC-Tech know（テクノウ）8000」。日本電気のマイコン「PC-80 01」用に、いろいろな使用法のテクニックやノウハウを解説したもの。四月一日の発売以来全国から注文が殺到し、一カ月間で二部近くを売ったという。

　好評の理由として同社では「マイコンのユーザーが本当に知りたいのにマニュアルに載っていない各種の使用ノウハウやテクニックをまとめたからではないか」とみている。

　同社の出版物を全国の書店に流している地方・小出版流通センター（本社東京・神保町＝蝦名賢一氏）、資本金四百五十万円）では現在、PC-Tech know8000の八割がマイコンショップ経由で売られており、残り二割の書店ルートは品薄状態だ」として、今後も書店での売れ行きが伸びると見込んでいる。システムソフト福岡では今後も出版活動に力を入れる考えで、近く他の機種用のマイコン書も刊行する予定だ。

「日経産業新聞」1982年5月4日付。出版した本の全国ヒットを伝える記事

版から、共同出版の申し入れがありました。地方の出版社からの本がベストセラーになったことに意義を感じていたので、当初は、東京の出版社からの発売に反対しましたが、システムソフト社のＫ社長の立場に立ってビジネスのことを考えると、そのほうが販売部数も増えるだろうし得策には違いないと思い、共同出版に同意し、覚書に調印しました。最終的には、1年たらずで、5万冊以上の販売を達成しました。

　振り返ると、先を読み、これからはマイコンの時代となるということで勉強を始めたときに、タイミングよく手に届くパソコンが発売され、それを買ったこと、パソコンの販売会社のＫ社長と出会ったこと、Ｋ社長の「本にしたら？」というアイデアの誘いに乗ったことなどの幸運が重なり、まったくの素人の私に、本を出版するというチャンスが巡って来たのだと思います。

　先を読むことの大事さと、誘いに乗ることの大事さ、その結果としての出会いの素晴らしさを痛感した出来事でした。

日本人って人生を楽しむのが下手？

　1985年3月のこと。出張でオーストラリアへ行く機会に恵ま
れ、単身でシドニーへ向かいました。

　いまだから言えますが、私が開発部門で、商品開発を担当して
いたころ、ある日、主な社員を対象に、事業部長（のちに社長）
の訓話がありました。話を聞いているうちに、私を睡魔が襲って
きました。言い訳になりますが、そのころパソコンに夢中になっ
ていて、毎日夜中の2時、3時までパソコンの前で夜更かしして
いたのです。うつらうつらしていたとき、運悪く事業部長の目に
とまり、怒って訓話も中断されてしまいました。

　まもなく、直属の上司から呼び出しがあって、開発の仕事から
海外営業への転籍を命じられました。上司としては、何らかの処
罰をしなければならないということで、私を開発業務から外し、
海外営業への配置転換をするという処置がとられたのだと思いま
す。いわゆる左遷でした。

　3月1日からその仕事に移ることになったのですが、転籍3日目
から2週間の予定で、オーストラリアへの海外出張をするよう命
じられました。開発営業という1人だけの部署で、製品のオース
トラリア展開のための市場調査をし製品の仕様や価格を設定する
ことがその目的でした。いきなりの海外出張ということで面食
らったのですが、一方、心の中では、「やったー、海外旅行がで
きる！」とウキウキする自分がありました。

そして、このオーストラリア出張で得た経験は、私のその後に大きな影響をもたらしたのです。

　その出張で訪れたシドニーでのこと。一緒に市場調査に同行してくれたオーストラリア人に、仕事が終

オーストラリアで訪ねた人の家にはプールがあった

わって「家に遊びに来ないか？」と誘われ、ひとつ返事で「行きます！」と返事をして、彼の自宅を訪問しました。

　日本で言えば主任クラスの彼の家は、さほど大きくはありませんでしたが、庭には、円形プールがあり、庭の一角のレンガ造りのエリアには、バーベキューのセットが置いてあり、彼の家族と一緒に、ホームパーティーが始まりました。しばらくすると、当たり前のように、親戚や近所の人も加わって会話も弾み楽しいひとときを過ごしました。

　続いて訪れたニュージーランドでも、取引先の会社の社員から誘われて自宅を訪問しましたが、地下室には、趣味の工作やビリヤードが楽しめる広いスペースがありました。

　この出張で、感じたことは、「みんな人生を楽しんでいるなぁ」ということでした。日本では、毎日のように残業し、休日は休養にあて、月に１回程度ゴルフに行くというような生活をしていた自分にとって、まさに目からうろこの経験でした。

　「人生を楽しむ」すべを心得ている彼らをうらやむとともに、「日

本人は、なんて人生を楽しむのが下手なんだろう！」と思いました。そして自分自身「もっと人生を楽しまなきゃ！」という思いを強くして日本へ帰ってきました。

　そう思いながらも、日本に戻って現状に流されて何もしていない自分があり、その状態が数年続きました。

誘われたら、行こう！

　いくつかの経験を経て、45歳の節目に、自分の信条としよう
と決めたことがあります。
　「誘われたら行こう！　頼まれたらやろう！」
ということです。
　それまでは、誘われても、面倒くさいなぁ、家でゆっくりした
いなぁ、行っても大したことなさそうだなぁ、お天気悪そうだし
億劫だなぁ、家でいろいろやることあるしなぁなどと思い、知ら
ず知らずのうちに行きたくない理由を自分の中につくっていたよ
うに思います。
　しかし、誘ってくれた人は、「来てくれたらきっと喜んでもら
える」などと思って期待して声を掛けてくれたのだと思います。
何度か誘っても来てくれないとわかるとそのうち声も掛けてくれ
なくなり、貴重なチャンスを失っているかもしれません。
　どうかなぁと思う誘いであっても、行ってみると、思いがけな
い出会いがあったり、いろんな学びがあったり、貴重な体験がで
きたり、必ずプラスになることがあるのです。もし、行ってみて
自分にどうしても合わないなぁと思ったら次から行かなければい
いのだし、「とりあえず行ってみよう！」とフットワーク軽く出
かけることが大事だと思います。
　誘われたら行くということを継続していると、そのうち何かを
頼まれるようになります。その頼まれごとを、ちょっと忙しいか

らとか、私には難しそうだからとかいう理由で断われば、自分自身の殻を破るチャンスやスキルアップの機会を失っていることにもなります。頼まれごとは積極的に受け入れて、チャレンジすることが、楽しい未来を創ることになるのだと思います。

　人生を振り返ってみると、「もしあのとき、あの誘いに乗ってなかったら、あの頼まれごとを引き受けていなかったらいまの自分はないな」と思うことが多々あります。

　1980年はじめに、友達と一緒にパソコンの勉強を始め、1981年にパソコンを購入しました。勉強したことをメモにしてまとめていたものをパソコン販売会社の社長が見て「本にしたら面白いかも……」と本の出版の誘いがありました。勉強になるからとその誘いに乗ったことが、翌年、本を出版するという、思ってもみなかったことの実現につながりました。

　1990年5月5日付の新聞記事に「月2000円、アジアの子が進学できる　教育里親を募集」の見出しがありました。この新聞記事の誘いでグループに入会し教育里親になったことで、スリランカを知り、その活動を続けていると、理事になって欲しいとの要請を受けました。交流担当理事になり、そのうちに里子交流ツアーを担当するようになり、現在は、8番目の里子の支援をしており、スリランカ訪問も18回になり、スリランカとの絆を深めることができました。

　パソコンを趣味としてやっていたことで、1997年に「NPO法人アジア太平洋こども会議・イン福岡」の事務局長から電話があり、「活動の様子をインターネットのホームページで世界に発

信したいので手伝ってくれませんか？」との要請があり、ボラン
ティアとしてその活動に参加しました。その後、この事業で福岡
を訪問したことのあるこどもたちやそのOB・OGとの交流も深
まりました。しばらくして、福岡のこどもたちとアジア各国を訪
問するプロジェクトにもかかわり、13か国を訪問することがで
きました。そのことで、アジアのほとんどの国に友達ができ、訪
問したときに彼らと会うことで、海外旅行がより楽しいものに
なって、アジアの国々のほとんどを訪問しました。

　1999年の誕生日に、友達から「明日、国連ハビタットに関す
る集まりがあるから来てみない？」と誘いがありました。ハビ
タットという言葉もよく知らないまま行ってみると、その2年前
に福岡に誘致された九州唯一の国連機関である「国連ハビタット
福岡本部」の活動を支援するための市民の会の設立準備会でし
た。その会の名称を「ハビタット福岡市民の会」とすることが決
まり、私もその活動に加わることにしました。続けていると、そ
のうち事務局長をすることになり、しばらくして当時の代表か
ら、仕事が忙しくなって続けられないので、代わりに代表になっ
てくれないかと言われ、引き受けることになりました。

　そのほかにも、毎週金曜日に開催しているCosmopolitans
Seminarや、インターネットを通じてシニアの生きがいづくり
を目指した「NPO法人シニアネット久留米」なども「ちょっと
した誘い」からはじまり、続けていくうちに代表や理事長などの
重要な責務を負うことになったのです。

　確かに、誘われて行っただけ、頼まれたからちょっとやっただ

けではだめで、続けたからこそそうなったのだと思います。「継続は力なり」ということわざがあるように、続けることの大事さも忘れてはいけない重要なことです。

　日本人は、一般的にシャイ（恥ずかしがりや）な国民性といわれています。よく言えば、奥ゆかしいのかもしれませんが、誘われても、遠慮してついつい行かないところを、フットワークを軽くして、とりあえず「誘われたら行く」を実行することが肝要です。

　頼まれるがままにいろんなことを引き受けてきたら、いつの間にか、10を超えるグループの役員や代表をすることになりました。まわりの人から「そんなにいろいろやっていたら大変でしょうね」とよく言われますが、「大変さよりも、楽しさが10倍となって、毎日を楽しく過ごすことができていますよ！」と答えています。

　実際のところ、忙しいがゆえに、スケジュール管理や頭の切り替え、書類の管理方法など、さまざまな工夫をせざるを得なくなり、結果的に作業効率が向上して、スキルアップしている自分に気づきます。

　日常的に、さまざまな誘いや頼まれごとがありますが、
「誘われたら行く、頼まれたらやる」
を信条に、とくに差し迫った用事がない限り、積極的に出かけ、できるかな？と思うような頼まれごともチャレンジ精神を発揮して引き受けて、できるだけ継続するようにしましょう。

　友達の輪が広がり、視野も広がり、スキルもアップし、楽しい

ことがいっぱいの人生になっていることに気づきます。

こどもの創造性——こどもから学んだこと

それは夏休みの宿題から始まった

　私が東京単身赴任していたときの出来事です。

　下の娘が、小学校5年生のときでした。夏休みに入ろうとしていたとき、学校でⅠ先生が、こどもたちに夏休みの宿題を出しました。

「1枚の地図を書きましょう」

「それをもとに、なにか自分で物語を考えましょう」

というものでした。

　娘は、オーストラリアのとある島をイメージした地図を描き、ブリスベンから小さな船に乗って、その島に冒険に出かけるという物語を書き始めました。本を読むのが好きだった娘は、想像力をはたらかせながら、どんどん書き進め、とうとう原稿用紙130枚あまりの物語を完成させました。そして、娘は、私に「本にして友達や先生にあげたい」と言い出しました。

　私は、「本にしたいのだったら、パソコンに入力しないと……」と冗談まじりに話しながら、「自宅にあるパソコンにワープロソフトの『一太郎』というのがあるから、それを使ったらいいよ」と娘に伝えました。しばらくして、娘から電話がかかってきて、「できたよ！」というのです。半信半疑で、「じゃあフロッピーディスクに入れて送って」と言って電話を切りました。

　まもなく、そのフロッピーディスクが入った封書が届きまし

た。送られてきたディスクをパソコンに入れ開いてみると、そこには「カサジア島の伝説」と題された物語が、保存されていました。聞いたところ、表題を考案したのは、母親でした。住んでいる住所の「あじさか」を逆さにしたものでした。

「本にしたいのだったら、パソコンに入力しないといけないよ」と言った手前、本にしないわけにはいかなくなりました。

市販の本を参考に書式を設定し、校正をしました。見ると、漢字変換は、ワープロソフトがしてくれるので、「ろうそく」を変換して「蝋燭」などとしていたので、「これじゃ友達が読めないよ！」と、「ローソク」に変えたりしました。

1冊の本ができるまで

一方、どうしたら本にできるのか？いくらぐらいかかるのか？手探りの検討を始めました。出向先のG社長にこのことを話したら、是非とも実現してあげなさいよ！」と言われ、出版関係の仕事をしているHさんを紹介してもらいました。

Hさんの話を聞くと、200冊程度の印刷でも、100万円近い費用がかかるとのことでした。見積書の明細を見ながら、なんとか費用を抑えたいと、一計を案じました。最も費用がかかっている版下代を節約するため、折しもE社より発売された、当時としては、高精細な熱転写（サーマル）プリンタを購入し、版下を作成することにしました。すると、なんだかんだで、18万円ほどまで下がったので、発注することにしました。G社長はこのことにいたく感動して「俺が半分出してやるよ！」と言って10万円だ

してくれたので、私は、8万円で済むことになりました。

そして、ついに、不思議な冒険シリーズⅠ『カサジア島の伝説』が刷り上がりました。

発行日は、娘の12歳の誕生日である4月29日としました。娘にとってもいい記念になったことだと思います。

小学5年生の娘が創作した「カサジア島の伝説」を本に

友達や先生方はもちろん親戚にも配りました。多くの皆さんからお祝いをいただき、娘もさぞ嬉しかったでしょうが、それ以上に嬉しかったのは私たち夫婦だったかもしれません。

さらに、小学生でも使えた、ワープロソフトを開発したJ社と、版下にもできるほどの高精細な印刷を可能にしたプリンタを開発したE社にもそれぞれ完成した本と一緒にお礼状を送りました。

E社からは、記念の品とともに、社内報に載せたいからと、娘の写真の提供依頼がありました。その後、娘のことが載った社内報が送られてきました。

こどもの才能を最大限引き出すような授業をしていただいたⅠ先生、印刷費用の支援をしていただいたG社長、出版のお手伝いをいただいたHさんなどなど、多くの皆さんの協力と励ましに、

感動するとともに深く感謝した次第です。

　そして、何より、周りの人々の「きっかけづくり」や「ちょっとした手助け・後押し」が、こどもの創造性や思いがけない個性、才能の発掘につながることを痛感しました。

　また、良くも悪くも、知らず知らずのうちにこどもは親をよく見ているなぁということも感じました。それは、私がオーストラリアに出張したこと、パソコンを買って勉強したこと、そしてパソコンの本を出版したこと、パソコンのロールプレイングゲームを買ってこどもと一緒に遊んだことなどが、物語の内容や本にしようと思ったことに、大きく影響していることに気づいたのです。「カエルの子はカエル」「子は親の鏡」と言われるように、こどもは、一番身近な親の背中を見て育っていて、いいところも悪いところも多かれ少なかれ受け継いでいることを感じます。

　親がこどもに「テレビばかり見てないで、勉強しなさい」と言いながらテレビの前でゴロッと横になってタバコをスパスパ吸っていたり、「目的意識を持ちなさい」などと言いながら、親自身がなんら目的意識を持っていなかったら、親が期待するような子が育たないのは明白です。

　私たち子を持つ親がこどもにあれこれ言う前に、親自身が夢や生きがいを持って喜々として人生を送っている姿を見せることが重要であると思います。

創作意欲を高めるために

　本ができたことで、娘はさらに創作意欲を燃やして、不思議な

冒険シリーズⅡとして、「シンデレラアドベンチャー」を書き、中学校に入ってからは、短編の「さつきの冒険」（後節参照）や「99のエッセイ」などをつぎつぎと創作しました。

　そこで一つ感じたことは、創作意欲を高めることの大事さです。このことで、文章などの著作物の場合、それを本にすることが効果的な方法の一つだとわかりました。問題なのは、本にするのに、印刷を業者に依頼するとかなりの費用がかかるということです。

　そこで本を手作りすることを考えました。手作りすれば、比較的安価に世界に一つだけしかない本を作ることができます。論文や絵本、写真集などを本にすることもできます。この本を手作りする方法については、特別付録として巻末に掲載しましたので、参考にしてください。

　絵画や写真の場合、額縁に入れるだけでも一段とよく見えます。それを部屋に飾れば、次の創作意欲が生まれると思います。展示会やコンテストへ出品したり、個展を開くといったことを目標とすれば、さらに意欲が高まるものと思います。その際に、テーマを設定すれば、作品の質もより向上するようです。

　音楽などの場合は、練習環境をつくってあげたりコンサートやライブのチャンスをつくるというのも効果的でしょう。

　こどものためだけでなく自分自身のためにも、創作意欲を高めるためのいろんな方法を実行すれば、才能が開花し「心の豊かさ」につながるものと思います。

ふるさとはいいよ！　ほんとに？

　1980年代、世の中はバブル経済の真っただ中にありました。
『ジャパン・アズ・ナンバーワン』（エズラ・F・ヴォーゲル、
TBSブリタニカ）という本が出版され、日本は経済大国だともて
はやされていました。会社は人手不足で、とくに技術者不足は
深刻でした。そんな中、東京へ単身赴任を命ぜられました。

　東京での仕事は、絶対的に不足していた技術者の確保のため、
主に九州出身の技術者に声をかけて、九州へのUターンを勧め、
自社へ入社してもらうことでした。

「九州は土地も安いし、自分の家を持つのも夢じゃないよ！」

「親が近くにいると安心だよね！」

「物価もやすいし、食べ物もおいしいよ！」

「海や山も近く、自然がいっぱいだよ！」

「同じ給料だったら、可処分所得は首都圏よりも多くなるよ！」
などと、九州で仕事をすることの利点を強調しながら九州への転
職を勧めました。

　説得を続けながらも、自分自身に問いかけました。

「九州はいいよ！」と言いながら、自分自身は本当に九州がいい
と心から思っているのだろうか？　心からそう思ってないと、人
を説得することなんかできないのじゃないか？と思ったのです。

　そこで、どうしたら自分の住んでいるところを好きになれる
か、どうしたら九州に住んでいてよかったと思えるかを一生懸命

考えました。

　「九州だからこそできることは何か」を考えることにして、その行動に「Create Kyusyu 21」と名付けてアイデアを練ることにしたのです。

　高度成長政策によるバブル経済のため、首都圏では住宅価格が高騰し、30年またはそれ以上のローンを2世代で組むなどしないと住宅が手に入らない時代でした。買えたとしても狭い敷地に窮屈な家しかつくれない。一方、九州では、土地付きで自分の家を持つのは当たり前で、別荘を持つのも夢じゃない！　この恵まれた環境を活かすべきだと考えました。

　九州は、可能性を秘めたところなんだ！　物理的空間など、その自由度は高く、やる気さえあれば、いろんなことができるところなんだ！と思えるようになりました。そこで自分自身が「九州はいいよ！」と心から思えることを具体的に何か考えて実行に移そう！と決意しました。

　このことは、後述する、クリエイトプラザ構想へと発展していきました。

究極のリゾートとは？

　前述の「Create Kyushu21」について模索をしているときに
ある報告書を目にしました。

　それは、会社の中に、ヒューマン研究所というのがあって、将
来の人々の生活や社会システムがどうなっていくのか、どうある
べきかを研究していました。その報告書の中で、リゾートに関す
る記述があり、「人々の生活は、従来は、地方型リゾートが中心
であったが、その後郊外型リゾートになり、現在は、アーバンリ
ゾート（都市型リゾート）が増えている。しかし、究極のリゾー
トとは、インナーリゾートである」という言葉が目にとまったの
です。

地方型
遠隔地にあり、豊かな自然景観に恵まれ、非日常性を持ちながら
高級ホテルのような都市機能などの利便性を併せ持ち、日常生活
の質的向上を図ることが可能なところで、長期滞在型。

郊外型
立地が大都市圏にあり、都心からも日帰りが可能な滞在型の余暇
空間であると同時に、非滞在型の施設であるショッピングセン
ターやレストランなど、商業施設を併せ持つところで、短期滞在
型。

都市型

洗練された都市文化の中で、時代の最先端に触れ、有名人が集まる華やかさなど、都市感覚を楽しむところ。

インナー型

リゾートの要素のいくつかを、家庭内に取り込んでしまおうというもの。「非日常の日常化」とでも呼べるような生活スタイルを実現し、家族の一人一人が精神的なゆとりと潤いを持てるような住まい。

　究極のリゾートであるインナー型リゾートとは、まさに住んでいるところを、リゾート化することであり、「家庭内リゾート」を目指すことであると思いました。そして、1970年に自宅を大改造したときのコンセプト「一番長くいるところを最も快適にする」が間違っていなかったことを確信しました。

　また、当初夢にしていた郊外に「別荘」を持つことについては、すでに別荘を持っている親戚の人から、「別荘なんかつくるものじゃないよ。管理経費はかかるし、なかなか使わないし、もったいないよ」という意見を聞きました。確かに1〜2時間かけて行く別荘は、毎月利用したとしても年間12回。その別荘に行くまでの交通費と時間、それを維持するための、電気やガス、水道代などの光熱費が必要であり、あまり費用対効果がいいものではないなと気づきました。その費用で、いろんなところへ年に

1、2回旅行したほうがいいかもしれないと思うようになりました。

　また、どうして別荘が欲しいのか？を自問自答し、その目的や条件を原点に戻って考えてみました。その結果、別荘に求めるものは、

　①避暑、避寒

　②非日常の創出（山や海辺）

ではないかと思いました。

　避暑、避寒については、冷暖房設備を備えれば解決するだろうし、非日常の創出については、日常住んでいる家とは違った雰囲気の空間、例えばログハウスなど木のぬくもりのある建物、音楽や映画が楽しめる空間、活力と豊かさを生む「生命」のテーブルといわれるバイオテーブルなどのファシリティを設け、自宅とは違った雰囲気にすることではないかと考えました。ということは、わざわざ遠くにつくらず、近くでも目的を達せられるのではないかとの結論に至ったのです。

　まさに、毎日でも利用できる「究極のインナーリゾート」の姿が見えてきたのです。

10年先を読む──心の豊かさの時代

　1990年の日本は、バブル経済の絶頂期。右肩あがりの経済成長を続け、ものがあふれ、経済大国ともてはやされ、金余り現象を起こしていた日本において、「お金さえあれば何でも手に入る」という風潮が社会に蔓延していました。

　しかし、その生活はと言えば、仕事の忙しさゆえに、休みの日は家で体を休めることしかできていませんでした。

　こどもの教育に関しても、画一化されたゆとりのない教育体制の中で、本来その子が持つ才能や個性が発揮されていないと感じていました。また欲しいものはだいたい手に入り、無気力・無関心のこどもが多く、「生きる力」に欠けているよう見受けられました。

　何か変だな？　何かが狂っている？　何のために仕事をしているのか？などと疑念を生じながら、「本当の豊かさとは何か？」を考えていました。そして10年後の21世紀の社会をイメージしながら、次なる10年計画と目標を模索しました。

　そして、来（きた）るべき21世紀における本当の豊かさとは、「心の豊かさ」ではないかと考えるようになりました。心の豊かさとは何か？　心の豊かさはどうやったら得られるのだろうか？　どうやったら育まれるのだろうか？など次々と疑問がふくらみその解答を探しました。

　考えた挙げ句、一つの結論に達しました。

つまり「心の豊かさ」は、自分自身の個性や創造性を高めることで得られるのではないだろうか？ということでした。個性や創造性を高めることで、自分らしさが備わり、この世の中における自分自身の存在価値が高まり、「心の豊かさ」が持てるのではないかと思ったのです。

　次に、いかにしたら個性や創造性を高められるかを考えました。しかしながら、すぐに結論が出るような課題ではなく、このことを自分自身のライフワークにしようと思いました。そのために、自分の中に「創造性開発研究所」というイメージ上の研究所を設立し、この命題に取り組むことにしたのです。

　そのキャッチフレーズを、
「21世紀のための創造性あふれる豊かな個性づくりを目指す」
とし、それを記した名刺を作り常に自分の目指すべき方向性を明確にするとともに、人の目にもとまるようにしました。

　つまり、創造性や個性を自ら見つけ高めていく活動を実践していこうと思うに至ったのです。さらに、創造性や個性を高めるには、多くの人と出会い、刺激を受け、視野を広めることが重要だとも感じ、人々が出会い、交流する機会づくり、環境づくりをしていこうとも思いました。

　2012年に、当時「世界で一番貧しい大統領」といわれたウルグアイの第40代大統領ホセ・ムヒカさんが、国連持続可能な開発会議でスピーチしたときの言葉「貧しい人とは、少ししかものを持っていない人ではなく、もっともっといくらあっても満足しない人のことだ！」に強く共感しました。

　この言葉は、「豊かさとは、物とは金ではなく、心の豊かさである」ということを表してしており、自分の考えを裏打ちするものだとおおいに勇気づけられました。

クリエイトプラザ構想

　1990年、あと10年で21世紀という節目に、インナーリゾートの実現と創造性開発研究をしていく上で、頭の中だけではなく、その実践の場としての施設をつくりたいと考えました。その施設の名称を個性や創造性を高める場という目的から、「Create Plaza」と名付けることにしました。いわば「創造空間」の具現化を目指したのです。

　心の豊かさを実現するためには、自分の個性や創造性を高めること、そのために、多くの人との出会いと交流が不可欠だと考え、「国籍を問わず老若男女が集って個性と創造性を高め合うための創造空間」をつくり、自由な発想と行動力を醸成する環境をつくろうと考えました。

・Let's generate our motivation.（やる気を出そう）

・Let's find our talent.（才能を発見しょう）

・Let's develop our creativity.（創造力を伸ばそう）

・Let's expand our personality.（個性を広げよう）

・Let's build our wonderful life.（素晴らしい人生を築こう）

・Let's make our own dream.（夢をつくろう）

・Let's have our own target.（目標を持とう）

・Let's act one step.（一歩進もう）

・Let's fill of our smile.（笑顔を満たそう）

・Let's enjoy our life.（人生を楽しもう）

などと、そこで実践すべきことがらを考えました。

　そこに集うみんながお互いに刺激を与え合いながら、より豊かで楽しい人生を築けたらいいなと夢を描きました。

　そして、はじめに下記のような趣意書を作成しました。

創造性開発研究所とクリエイトプラザ

人は創造的生物

　人は本来、想像的に活動したいという意思を持っています。また、一人一人顔が違うように、それぞれ違った個性を持っています。しかしながら、画一化された教育体制、競争社会の中で、創造性や個性を発揮できないまま一生を終わる人が多いのが現実です。

生きがいとは

　同じ一生であれば、より楽しく、生きがいを持って過ごしたいとは、誰しも思うことです。
　「生きがいのある人生を送る」ということは、自分自身を知り、人とは違う何か、すなわち個性や創造性を自ら発見し育て、自己実現に結びつけることだと言えます。
　「好きこそものの上手なれ」という言葉がありますが、自分が好きなこと、やりたいことであれば、人の指図なく意欲を持って取り組み、向上させることができるということです。その人にとっては、それが何よりの生きがいとなることと思います。ところが現実には、自分の「好きなこと、やりたいこと」が見つけられない、時間がつくれない、実行に移せない、それを伸ばせない人が大部分です。

創造性開発の研究

　これから迎える21世紀は、国際社会において、ますます創造性や個性が重要視される時代となります。またモノや金

の豊かさだけではなく、心の豊かさ（ゆとり）を求める時代となります。

「創造性開発研究所」は、この課題と取り組み、21世紀のための創造性あふれる豊かな個性づくりを目指し、心豊かな生きがいのある人生を築くための研究活動を行うことを目的としています。

クリエーションとリ・クリエーション

この創造性開発研究活動は、クリエーション（創造的活動）と、リ・クリエーション（創造性を高める活動）は、一体のものという考え方を基本にしています。

リ・クリエーションとは、いわゆるレクレーション（遊び）や勉強、スポーツ、人との交流などいろいろな活動を意味します。これらの活動を通じて感性が育ち、クリエーションが生まれるということです。

クリエイトプラザ

クリエイトプラザは、この考えに基づき、ログキャビン（くつろぎの場、創作アトリエ）を中心に、テニスなどができる多目的広場を併設して、利用者自身が、スポーツによるリフレッシュや交流、コンピュータなどを利用した創作活動、創作発表や展示会などを通じて、自らの創造力を高め、個性を伸ばしていくことを目的としています。つまり利用者の相互啓発と自己啓発により、クリエイティブライフを築いていこうということです。

したがって、創作活動に必要な設備や備品などは順次整えていきますが、いわゆる文化サークルのようにカリキュラムを組んで定期的に教えることはいたしません。主旨に基づきどういう利用の仕方をするかは、皆さん方のアイデア次第です。非日常を創り出し、自己を再発見し、あなた自身の努力で「変身」し、心の豊かさを実感し、生きがいのある人生を築いてください。

■ ■ ■ ■ ■ ■ ■

この趣意書をもとに、理想をかかげながら具体的構想として、

①地域の活性化を図り、地域社会へ貢献する。

②21世紀の夢を語り合う友達の輪を広げる。

③国際交流を積極的に行い、民間レベルでのODA等で世界に
　貢献する。

④心豊かな生きがいのある人生を創造する。

を挙げ、施設の配置図、建物の設計図、設備、備品、予算、スケ
ジュールなどを書いた企画書の作成に着手しました。自分の夢を
企画書として具現化していく過程は、本当に楽しいものでした。

夢の実現とその秘訣

汗を出し、知恵を出す

　1990年4月、東京での単身赴任生活を終え福岡へ戻って、温めていた構想に基づき、アイデアを具現化する作業にとりかかりました。

　①家族や訪れてくるみんなが楽しめる場所（インナーリゾート）

　②個性や創造性を高めるための創造空間

　③異文化交流と出会いの場

　などを目的に、具体的構想を練りました。

　幸い自宅から歩いて1分ほどの近くに小さい水田と畑があったので、ここを利用することにしました。

　また、個性や創造性を高めるには、「汗を出し、知恵を出す」ことが重要と考え、建物だけでなく多目的広場も必要だと考えました。そこに、テニスコートをつくれば2人から楽しめて汗を流せるのではないかと併設を検討することにしました。もちろんゲートボールやグランドゴルフ、バレーボール、ゴールを置けば、バスケットボールやフットサルなど多目的に使えるのではと思いました。

　これらの内容を「企画書」にまとめていきました。

　「企画書」には、名称、主旨、背景、具体的内容、スケジュール、費用、敷地のレイアウト、建物の概略図などを記載しました。そしてその場所を「Create Plaza」と命名しました。そし

て、オープンの目標日をい1年後のこどもの夏休みが始まる日、1991年7月21日と明記しました。後日、この「企画書」と「目標設定（納期）」がいかに大事であったかを実感することになります。

具体的計画と見積もり

最大の問題は、費用でした。建物や設備、備品、テニスコートなど、いくらぐらいかかるのかの見積もりに入りました。

建物は、簡単なログハウスのキットが100万円〜150万円ぐらいで販売されていたので、10㎡程度の部屋にトイレとシャワールームを付属する程度のこぢんまりしたものを計画しました。

問題は、テニスコートでした。いくらぐらいかかるのかさっぱり見当がつかない。そこで、学校向けなどに体育施設を提供している業者に見積もりを依頼しました。出てきた見積書には、オムニコート（人工芝）の場合2000万円、アスファルトコート1000万円、クレーコート500万円というものでした。

建物と多目的広場を合わせると、とても自己資金500万円以内に収めるのは不可能でした。おまけに測量費用も30万円ほどかかるということがわかりました。そこで、これらを自らの手で行おうと考えました。幸い、いとこが土地家屋調査士だったので測量の仕方を教えてもらい、予定地の測量を自分ですることにしました。測量器材は、知り合いの建設会社から借用しました。基準点を決め、三角測量をして、そのデータをパソコンに入れ、距離や面積を出したり、高さを測り、基礎のコンクリートの位置と高

さを決めたりして図面化しました。すべてがはじめての経験でしたが、好奇心が掻き立てられ、面白さも加わり、楽しんで測量ができ、測量費用が節約できました。これだったら測量の仕事もできるのではと思ったくらいです。

　次に、テニスコートです。それぞれの作業を分解して、個々の見積もりをすることにしました。参考となったのは、見積書に添付されていた仕様書でした。基礎のコンクリートの大きさ、砂利の厚さ、表土（山砂）の厚さ、ポールの仕様、などが記載されていました。

　まず、地盤については、道路と同じぐらいの高さにするために、水田の地面から70㎝ほど土を盛る必要がありました。近くの知人に頼んで、ダンプカーで山砂と排水をよくするための中間層の砂利を運んでもらうことにしました。約700m³で約100万円かかるとのことでした。排水パイプは、使わなくなった水田の排水用穴あき蛇腹パイプを利用することにしました。

　周囲のフェンスの金網については、カタログを取り寄せて検討しました。金網の高さは、標準品が地面から3m。しかし素人がプレーするのに3mは低すぎて、すぐ外へテニスボールが飛び出していくのではと思いましたが、フェンスを1m高くすると、極端に値段が高くなってしまいます。考えた末、ポールのみを特注して、下部80㎝のブロック塀をつくり、その上部3mに標準の金網を張り、地上の高さを3.8mにすることにしました。

　設計に基づいて、どのようなパーツがいくつ必要かを算出し、リストを作成し、部品の見積もりを依頼しました。フェンスの材

料費は約150万円でした。下部のブロックは、約2000枚で20万円、そのほか生コンクリート代やネットやポールなどの備品などの30万円を加えると、なんとか300万円に収める目途が立ちました。

　これで、本体のログハウスを含めて500万円ぐらいとなり、なんとか自己資金で賄えるまでになり、さっそく予算書に盛り込んで最初の「企画書」ができあがりました。さらに、何期かに分けて、時間をかけて、整備していくように計画しました。「企画書」を作成したのは、考えをまとめることと、かなりの費用がかかるので家族の同意を得る必要があると思ったからでした。

　家族の同意を得やすくするため「Create Plaza」は、家族の趣味などとのマッチングを重視しました。妻の趣味であるパッチワークは、ログハウスに似合うこと、母の野菜作りは、水道を敷設することで、水やりが容易になり、母の作業が楽になること、こどもたちは、好きな音楽の練習や発表の場にできること、父の趣味であるカラオケやゲートボールの練習場所になること、私の異文化交流の実践の場になることなどです。

いい企画には協力者がたくさん

　この「企画書」が、思わぬ効果を招きました。

　訪ねてきた親戚や友達に見せながら、自分の夢を熱く語りました。すると、何人かが「面白いね！　出資してもいいよ！」と言い出しました。「商売をするわけではないので出資金に対する配当もないし、払い戻しもないよ。それでもいいならぜひ協力をお

願いします！」と言ったところ、親戚関係から1口300万円で3名の出資者が現れました。それを聞いて、父も「おれも300万円出すよ！」と言い出し、結局、自己資金を合わせて1700万円ほどの資金が用意できることになりました。さらに、企画書を見た友達から建物の間取りに対する提案などもありました。スピーカーシステムやキッチンカウンターなどの提供の申し出もありました。企画書を作ってよかった！とつくづく思いました。

　そういうことで、建物に約1000万円を充てることができることになりました。当初は、「自分でログハウスを建てよう！」という夢があったのですが、建設会社に相談したところ、現役のサラリーマンだから、土曜日曜だけしか作業できず、完成に4年かかると言われました。また本格的ログハウスだと材料費もさることながら、建設のための重機などのレンタル費用もかかり、結局業者に頼んでも、自分で建てても費用は変わらないということがわかり、自作を断念し建設会社にお願いすることにしました。

　さらに、建設会社の友人から、本格的ログハウスだと費用もかかるので、強度を柱で持たせ、外からログを切断したものを張り付ける「ログ風ハウス」だと、費用が約半分で済み、ログハウスより使い勝手がよくメインテナンスが容易で、住み心地もいいよというアドバイスがありました。その方法だと、2階建てで90㎡ぐらいの大きさの建物が1000万円ほどでできるということで、大きく設計変更しました。そして実現へ向けての具体的行動を開始しました。

　いざ始めて見ると、準備すべき書類の多いこと多いこと！　近

隣の皆さんの同意書、市役所や県庁への申請、担当者との打ち合わせ、法務局への手続き、建設業者との打ち合わせ、工事申請など、予想もしなかったことが次から次へと出てきました。

自宅の庭に手作り看板、のちにクリエイトプラザへ移設

看板によるモチベーションアップ

これらを一つ一つクリアしていくのですが、最初に実行したのは、「Create Plaza」の看板作りでした。自分自身のモチベーションを高めることと、家族みんなに共通の目的意識を持ってもらうためでした。看板は、頼めば10万円はするだろうと思い、その費用で、大工道具一式を買って自分で作ることにしました。大工道具はその後も使えるし、費用節約にもなると考えました。友人がヒノキの間伐材があるからどうぞというのでもらいにいきました。

そんなこんなで、アルミのフレームとフック代の材料費数千円で、2月10日に看板が完成し、とりあえず自宅の庭に設置しました。

毎朝、通勤のときに看板を見ては、週末にすべきことを考え実行していくという日々でした。そして3月末には地鎮祭をするところまでこぎつけました。

テニスコートの手作り

　建物本体の工事は、基礎を含めて建築業者にお願いしましたが、テニスコートは、すべて自分たちの手で行なうことにしたので、自分で測量したデータをもとに設計図を作り、2m間隔に合計61本の支柱の位置と高さを決めて、支柱の基礎工事をすることから始めました。

　支柱のコンクリート型枠づくりが難物でした。見積書を見ると1個が400×400×700㎜という結構大きなものでした。コンクリートミキサー車は、小型のもので1台1㎥であり、最低7個の型枠を準備しなければなりませんでした。親戚の皆さんに総動員で手伝ってもらって型枠の準備をし、コンクリートミキサー車を呼ぶのです。コンクリートを注入してもらいながら棒でつつき気泡が中に残らないようにしました。

　コンクリートがある程度固まり型枠が外せるようになるまで数日かかるので、その間に次の型枠を準備し、外した型枠も修理して加えながら、次のミキサー車を呼びます。ちょうど5月のゴールデンウィーク中にこのサイクルを数回繰り返して、61個の支柱基礎が完成しました。この間、協力者とともに喜々として作業をすすめました。

　次に支柱の取りつけ、金網の取りつけ、ワイヤー張りと作業は続きました。テニスコート周りの1200枚と敷地の周りの800枚合わせて約2000枚のブロック積みは、父がひとりでコツコツと行いました。その根気には感服しました。感謝あるのみです。

非日常の空間を演出

　一方、建物内の設備や備品に
も、非日常を取り入れるべく、い
ろいろ考えました。その一つは、
メインテーブルでした。柔軟な発
想を引き出すためには、四角い
テーブルではなく、当時、会社の
ニューオフィスなどで採用され始
めていたバイオテーブルにしよう
と考えました。メーカーの既製
品は200万円もするので、自分自

柔軟な発想を生み出すバイオテーブル

身で設計し、知り合いを通じて家具屋さんに特注することにしま
した。その図面を材木商の知人に見せて、制作する専門業者を紹
介してもらい見積もってもらいましたが、80万円を超えるもの
でした。そこで、その職人さんに、まだ建物も何もない基礎工事
中の現場に来ていただいて、「Create Plaza」の目的と意義を
切々と訴え、予算の50万円以内にできないかと頼んだところ、
「わかりました、予算以内でなんとかやりましょう！」と引き受
けていただきました。

　ところが、実際にできてきたものを見ると、3分割の場所が設
計と違っていたのです。そこで、後日仕事の空きができたときに
修正をして欲しいとお願いしていると、紹介者の知人が、「天板
だけを私が寄付するから、これはこのまま使いなさい」と言っ
てくれて、後日30万円ほどの天板をもう一式作ってもらいまし

た。最初のテーブルには、自作の脚をつけて、自宅の書斎に鎮座させました。

150インチの電動スクリーンと電子黒板、ドラムセットなどを設置

非日常を演出するもう一つの設備は、こだわりのビデオプロジェクターと150インチ（幅3.5m）の電動スクリーンでした。

当時、ビデオプロジェクターは、民生用のテレビ画質のものがやっと出たばかりで、1台100万円もする高価なもので、部屋を暗くしないと見ることができない代物でしたがCreate Plazaのこだわりとしてぜひとも欲しかったので、かなりの値引きをしてもらい、150インチの電動スクリーンと合わせて、100万円で購入しました。これでプレゼンテーションやミニ映画館としても利用できる設備がそろいました。さらに、セミナーや勉強会、会議用にと自社製の電子黒板の中古も入手して設置しました。

すでにこどもたちが使っていたドラムセットも自宅から移設しました。後日、自宅にあったピアノも運び入れました。これでミニコンサートができる環境もできあがりました。

これに先立つこと1年以上前のことですが、中学生の娘とその同級生が数名で、バンドを結成しました。「Angel Tears」というしゃれた名前を自分たちで考えて練習していました。そこで、「Create Plazaのオープンのときに、練習成果を初ステージと

オープンの日のクリエイトプラザ

して発表したら？」と提案しました。皆はそれに賛同してカバー曲だけでなく、自前の曲を作詞作曲するなどして練習に一層熱を入れていました。

そしていよいよオープン予定の1991年7月21日が迫ってきました。エアコンの設置などで、前日は、徹夜状態でした。まだ、テニスコートの入り口のドアなど一部が未完成でしたが、どうにかオープンの日を迎えることができました。

夢を実現する二つのポイント

オープンの日には、家族や出資者を含む親せきの皆はもちろん、地域の皆さん方にも集まっていただき、盛大に完成披露パーティを行うことができました。こどもから大人まで、130名を超える盛会となり、感無量でした。

メインのアトラクションは、いとこが所属している市民オーケストラの皆さんによる弦楽四重奏、そして娘を含む中学生5人組のバンド「Angel Tears」の初ステージでした。

私にとっては、後述するスリランカの里親になったことと併せて、記念すべき節目の年となりました。

振り返って考えてみると、この夢の実現には、2つのポイント

がありました。

1. 「企画書」を作ったこと

自分の頭の中のアイデアをみんなが見ることができるように
することにより、みんながいろんな提案をしてくれて、
いい企画となり、賛同者・協力者、とくに出資者が出てき
たこと。

2. 「納期」を決めたこと

まだ、畑と田んぼだけの何もない状態のときに、１年先の
１９９１年７月２１日（こどもの夏休みが始まる日）にオープ
ンしようと、具体的日時を決めたこと。

納期を決めたことで、逆算すると、いつまでに何をしなけ
ればならないかが明確になり、具体的行動にはずみがつい
たこと。

もう一つ、付け加えるとすれば、「看板」を作って、自分自身
のモチベーションを高めるとともに、自分の意思を周囲に示し、
家族みんなの意識を高めたことだといえます。

ある新聞記事との出会い

　1990年、東京での単身赴任を終え福岡へ戻った直後の5月5日、こどもの日のことでした。

　妻が、「こんな記事があるよ」と新聞を私のところへ持ってきました。「月2000円、アジアの子が進学できる　教育里親を募集」という記事でした。

　「面白そうだな」と早速資料請求しました。まもなく、資料が送られて来ました。インドネシアとスリランカの13歳から18歳のこどもたちを対象に、教育支援をするNPOでした。

　スリランカとインドネシアの経済を比較すると、スリランカのほうが1人当たりのGDPも低く、より厳しそうだったので、同じ2000円だったら、スリランカのほうが、より価値があると思い、スリランカの女の子を選んで申し込みました。

「朝日新聞」1990年5月5日付。この記事がきっかけで教育里親に

会員になった理由は、その会の主旨にありました。

会の正式名称は「C.P.I 教育文化交流推進委員会」という名前でしたが、頭のC.P.I. とは、「The Committee for Promotion to Innovate Japanese People by Educational and Cultural Contact」の略でした。つまり、「教育的、文化的交流を通じて日本人の改革を推進する委員会」というものでした。

13歳のチャンドラちゃん

入会を決めたのは、まさに、私が目指していた、自分自身を改革しようという創造性開発研究の目的と一致していることに共鳴したからでした。教育里親になって、こどもの教育支援をするというのは、手段であって、目的は、自分自身を変革させることだったのです。ひいては、自分自身の「心の豊かさ」を得ることができるのでは……と思いました。

こうして1991年1月から、スリランカの13歳の女の子、チャンドラちゃんの教育支援が始まりました。私自身46歳になったばかりで、こどもが3人いましたが、4人目のこどもを授かった気持ちでした。

この偶然の新聞記事との出会いが、想像以上に自分自身の人生を大きく変えようとは、思いもよりませんでした。

広がる交流の輪

　スリランカのこどもの里親になったことがきっかけで、その後のネットワークの広がりは、自分でも驚くほどでした。

　まず、スリランカという国に自然に興味が湧いてきて、どんな国か知りたいと思い始めました。そこで、スリランカからの留学生はいないだろうかと、近隣の大学をさがしてみました。すると、２人の留学生と巡り会うことができました。

　彼らと、スリランカの話を聞きながら交流を続けるうちに、里子に会いに行きたいという気持ちを抑えられなくなり、1994年にスリランカをはじめて訪問しました。このことについては、後述します。

　スリランカの留学生との交流を続けているうちに、新たな展開がありました。1989年に福岡で行われたアジア太平洋博覧会「よかトピア」以降、毎年、福岡アジアマンスと称していろんなイベントが行われるようになって、とりわけ市役所前広場で行われる「アジア太平洋フェスティバル福岡」は、メインの催しでした。アジア各国の物産の店や屋台が並び、ステージではパフォーマンスが繰り広げられていました。もちろんスリランカのブースもあり、エア・ランカ航空（現・スリランカ航空）がスポンサーとなって出店していました。ところが、バブル崩壊の影響からかエア・ランカが福岡事務所を閉鎖することになり、その出店を引き継ぐところはないかとの打診が留学生のところにあり、私にも相談が

ありました。一緒にやろうということになり市役所へ出店申し込みに行きましたが、個人レベルでは受け付けられず、公認の組織でないとダメだとの回答でした。そこで急遽、西日本スリランカ留学生協会という組織を結成し、スリランカ大使館に承認をもらい、あらためて申し込みにいったら、認められ出店できることになりました。

　こうして、全員ボランティアによるスリランカの紅茶と物産の店がアジア太平洋フェスティバルに出現することになりました。数年続けるうちに、ことのほか収益があがり、その利益金を原資に、スリランカの学生に奨学金を出そうということになり西日本スリランカ奨学金協会を設立するに至りました。こういう活動を続けるうちにスリランカ以外の留学生との交流、留学生をとりまく日本人の皆さんとの交流、出会った人が主宰するグループの会合やイベントへの参加と誘われるがまま行動していくうちに、その交流範囲は、見る見るうちに拡大していきました。

　たまたま出会った新聞記事の誘いから里親になったことで広がりを見せた交流の輪は、私にとって何物にも代えがたい大きな財産となっていったのです。

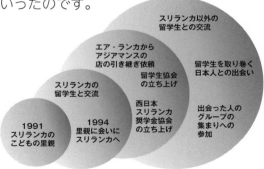

はじめてのスリランカ訪問

　1991年からスリランカのこどもの里親として、教育支援を始めましたが、その後、スリランカのこどもの絵画展を福岡で行うなど活動をしていくうちに、会員であったC.P.I.というNPOの交流担当理事にも就任しました。

　1994年2月、スリランカへの里子交流ツアーが企画されました。当時、スリランカへ行くには、エア・ランカ航空で、成田発福岡経由コロンボ行きがありました。なんと福岡から直行でスリランカへ行けたのです。そういうことで、交流ツアー参加者が福岡に集結することになり、交流担当理事の私がツアーのお世話をすることになりました。

　はじめてのスリランカにもかかわらず、ツアーのコーディネーターみたいな役柄を軽い気持ちで引き受けたわけですが、参加者がなんと45名という大部隊となり、そのお世話にてんてこ舞いになり、福岡空港では写真をほとんど撮れない大変な状況でし

参加者45名という大部隊となったはじめてのスリランカ里子交流ツアー

た。機内でも、入国カードの書き方など、次から次へと雑用があり寝る暇もないほどでした。ツアーの添乗員の苦労を実感しました。

成長したチャンドラちゃんと感動の対面

交流ツアーでの最大の行事が、里子認証式でした。この年、新しく里子に選ばれたこどもたちに、ツアー参加の里親たちが、自分の里子にかばんや学用品を授与する儀式がステージ上で行われました。全国から集まった里子たちは約1000人、それに家族が付き添いでついてくるので、会場のスタジアムは、3000人を超える人々でいっぱいでした。

そういう中で、自分の順番が回ってきて、自分の里子に学用品などが詰まったかばんを授与するときには、いやがうえにも興奮と感動が募りました。13歳のときの幼い顔写真しか見ていなかったので、17歳、日本でいえば高校2年生ぐらいに成長した里子との対面は、本当に言葉に尽くしがたい感動がありました。そして、一緒に来た里子の両親やお姉さんとそのこどもたちとの対面や懇談で、いかに彼らが里親に感謝し、畏敬の念さえ持っているかをひしひしと感じました。里子だけでなく、その家族一人一人が、私の足元に膝づき、手をついて挨拶するのです。

このあと学校訪問しましたが、教室は、床が土間、屋根はかやぶきで、窓もなく、吹きさらしの状態でした。黒板はぼろぼろの

粗末なものでしたが、こどもたちは、人懐っこく眼を輝かせて笑顔で私たちを迎えてくれました。こんなに貧しいのに、こんなにいきいきとしている！　日本は、これだけ経済大国で欲しいものが手に入る豊かさがあるの

スリランカの学校の教室

に、こどもたちは、ここまでいきいきと輝いていないのではと思いました。日本と比べて、どちらのこどもたちが心豊かで幸せなんだろうと考えてしまいました。

　豊かさって何だろう？

　幸せって何だろう？

　生きるって何だろう？

　まさに、人間の原点を考えさせる旅となりました。少なくとも自分の心に大きな変化をもたらしたことは間違いありません。

　また、それまで月に1度ぐらいのペースでゴルフに行っていましたが、その1〜2回の費用で、このこどもたちが1年間学校に通えると思うと、ゴルフをしている場合ではなくなり、お金の価値観までも変わることになりました。

　この里子交流の旅を通じて、いろんなことに気づき、考えさせられ、自分自身を変革させてくれたことで、あらためてこの里親の会の目指すところ「The Committee for Promotion to

Innovate Japanese People by Educational and Cultural Contact」に納得し共感しました。

　そして、新聞記事の誘いに乗って入会してよかったとしみじみ思いました。

　さらに、スリランカと日本のかかわりについてもいろいろと学ぶことができました。

　セイロン（後にスリランカ）は、インド洋交易の重要拠点であったため、早くからヨーロッパの国々からの侵略にさらされ、1505年からポルトガル、1658年からオランダ、1796年からイギリスといった具合に植民地支配を受けてきました。

　これに対し、日本は、「大東亜共栄圏」という考え方により民族意識を目覚めさせ、セイロンのイギリスからの植民地支配脱却を支援しました。そのためか、1951年、第二次世界大戦後の平和条約を話し合ったサンフランシスコ講和会議で、セイロン代表（当時財務大臣、のちに大統領）のジュニウス・リチャード・ジャヤワルダナ氏は、「日本に対する賠償請求権を全面放棄します」と宣言し、仏陀の言葉を引用し、「憎しみは憎しみによって消え去るものではなく、ただ愛によってのみ消え去るものです」と演説し、参加国へ向けて、日本を国際社会へ復帰させるよう強く促し、会場から万雷の拍手を受けました。

　アメリカの戦後計画委員会で日本4分割統治案なども策定されていたようですし、ソ連が北海道などの割譲要求をしていたのですが、結果的に49か国もの国々が平和条約に調印したのは、この演説が大きく影響したともいえます。そのおかげで、日本は、

翌1952年に、分割されることもなく連合軍の占領下から独立し、主権復帰を果たしたのです。そして同年、セイロンに日本大使館が設置され、世界に先駆けてセイロンとの国交樹立をし、その翌年には、東京にセイロンの公使館が設置されました。

　ご存知のように、ドイツは東西に、韓国とベトナムは南北に分断され苦難の日々を送ったことを考えると本当に日本は幸運だったといえます。

　セイロンは、1972年に共和制に移行して真の独立国「スリランカ」になりましたが、以上のようなことから日本はスリランカに対して恩義があるといえます。これからもずっと親しい関係であって欲しいものです。

　スリランカのことを知ることで、スリランカに対する親しみを覚え、仏教国ということもあって、私にとっては訪問するとほっとする国となっています。

趣味の引き出し、
遊びと学び

無駄な時間と無駄にしている時間

　田舎住まいの私は、学校に行くにも、通勤にも１時間前後の時間を要していました。東京など大都市圏では、当たり前かもしれませんが……。「通学・通勤に一時間も費やすのは、もったいないなぁ」と常々思っていました。つまり、その通勤時間を無駄に消費している時間と考えていたのです。

　電車であれば、本や新聞を読んだり、音楽を聴いたり、ラジオのニュースを聞いたり、語学の勉強をしたり……と、無駄は軽減されます。しかし、それでもなお無駄な時間を過ごしているという感覚はぬぐえませんでした。とくに帰りの電車では、ほとんどの人が仕事に疲れた様子で目を閉じていました。

　この帰りの時間をただボーッと過ごすのももったいないなと考え、思い立った一つが、「はがき絵」を描くことでした。当初は、人の顔が基本になるだろうと、前に座っている人の顔を見ながら描いていました。ところが、前に座っている人をあまりじろじろ見ると変に思われそうで、ちょっとまずいかなぁと思いました。そこ

通勤電車で描いたはがき絵

で、足元を描くことにしました。これなら顔を上げなくてすむ
し、変に思われることもありません。この足元の絵を描くという
のは思った以上に面白くてはまりました。足にもいろんな表情が
あるなぁと思ったし、あとで、描いたものを見て、上半身を想像
するのも楽しみの一つでした。

　さらに、そのデッサンに水彩クレヨンと水筆を使って色をつけ
てみると、自分で「おおっ！」と思うような出来栄えになりまし
た。それから、毎日の帰りの電車が楽しみとなり、今日はどんな
靴を履いた人が前に座るかな……とわくわくうきうきして電車に
乗り込んでいました。無駄だと思っていた通勤時間が楽しい至福
の時間に変わったのです。

　この通勤時間の活用に関しては、もう一つあります。

　定年まであと2年となった58歳のころ、友人と藤の花で有名な
二日市の武蔵寺というところに遊びに行きました。6月だったの
で、藤の花の時期は過ぎていましたが、雨上がりの境内にはアジ
サイをはじめいろんな花が咲き乱れていました。写真が趣味の私
は、とくに雨上がりの花々のみずみずしさが気に入り、それらの
花に蝶やミツバチなどが戯れているさまを撮影するのに夢中にな
り、楽しい時間を過ごすことができました。

　アジサイを撮影していたときのこと、花の間から、ニホンカナ
ヘビ（トカゲの一種）が顔をのぞかせたので、思わずクローズ
アップして撮影しました。

　この写真を友人に「こんな写真が撮れたよ！」と見せたとこ
ろ、「面白いね！　64歳になったら、花と虫の個展を開いたら？」

と言うのです。「何で？」
と聞き返したら、「64
＝むし（虫）でしょう！」
と言うのです。私もなん
となく納得し、「それも
悪くないな！」と思いそ
の誘いに乗りました。

個展を開くきっかけになったアジサイとニホン
カナヘビの写真

　私が持っていたカメラ
は、普及し始めていたデ
ジタルカメラで、当時の画素数はまだ200万画素という小さなも
のでした。ただ撮影レンズに対し、液晶画面が回転できるスイバ
ル機構と接写ができるマクロモード（お花モード）を持っている
コンパクトカメラで、持ち運びにも適していました。つまり花と
か虫を接写（クローズアップ）するのに最適なカメラでした。

　当初は、この「花と虫」の写真を自宅の庭を中心に撮影してい
ましたが、会社の通勤時にも撮影できるなと思い、会社の最寄り
駅ではなく一つ前の駅で電車を降り、途中の公園で撮影したり、
ちょっと遠回りをして、川沿いの道を歩いて撮影しながら通勤す
ることにしました。それから定年までの2年間は、朝の散歩と撮
影を兼ねた一石二鳥の通勤となりました。いままで見過ごしてい
た道端に、小さな虫と可憐な花の世界が広がっていました。そこ
には、虫たちの営みや花との共生、花や虫の造形の素晴らしさな
ど、さまざまな発見がありました。とくに朝の通勤時間帯は、蝶
や虫が活発に活動しているというのにも気づき、一層通勤が楽し

くなりました。また、雨上がりの朝は、花弁に水滴が付いていて、キラキラ輝いていて、いい写真が撮れました。

今日はどんな虫がいて、どんな花に戯れているだろうか？　そしてどんな写真が撮れるだろうか？　と毎日わくわくしながらの通勤でした。そのために少し早めの電車で行くこともありました。

それまでは、苦痛で無駄な時間を過ごしていると思っていた通勤は、クリエイティブで健康増進を兼ねた一石二鳥の至福の時間となったのです。

よくよく考えると無駄な時間ってないんだなぁと思いました。無駄だと思っている時間も、ちょっとした工夫やアイデアで、有用な時間にできることに気づきました。

「仕事が忙しくてそんな暇ないよ」と言っている人を多く見かけますが、そういう人は、暇がつくれない人なのでしょう。そんな人に、「5分の時間もないの？」と聞くと、たいてい「5分ぐらいは、なんとかなると思うけど……」という答えが返ってきました。そこで、「5分でできる、なにか楽しいことを考えてみたら？」と提案するのです。

・思いついたことをメモする。

・誰かに電話やメールをする。

・折り紙で何かを作る。

・歌の練習をする。

・絵手紙を書く。

・俳句や和歌を詠む。

・英会話の練習をする。　　などなど

　ちょっと考えただけでも、いろいろ出てくるはずです。その中から自分が最もしたいことを実行したらいいのです。楽しければ、5分が10分になり1時間になり、続ければそれが趣味の一つになり、生きがいにもなるはずです。

　人に公平に与えられた時間は、その人の使いようで、無駄な時間にも至福の時間にもなるのです。

　前述の「はがき絵」もその発想から始まりました。

　近くの大学に客員教授として来日していた米国人の奥さんが、イラストレーターで、同大学の美術部の顧問をしていました。そのハービーナウマンさんと交流があり、あるとき、「誰か、モデルをしてくれる人を紹介してくれたら講師料とかいらないので、一緒に絵を描きましょう」ということで、毎週木曜日の午後、絵画教室が前述の「クリエイトプラザ」で始まりました。私の妻もグループに加わって、パステル画を習い始めました。

私が使っている水筆と水彩クレヨン

　妻から、「絵は、右脳を使って描くそうだよ」「絵を上手に描こうとせず、左手で描いてみるといいらしいよ」「絵は、線をできるだけ少なくして一筆書きで描いてみるといいよ」などと、この絵画教室で学んだことを

伝え聞いていました。そんなわけで、このハービーナウマン女史との交流を通じて、私も絵に興味が湧いてきました。

　私自身、いわさきちひろのこどもや花を描いた淡彩画が好きだったことや、水彩クレヨンと水筆という画材との出会いも大きなきっかけとなりました。この水彩クレヨンとはがきサイズの画用紙を小さいケースに入れておくだけで、大げさなパレットも、水をその場で準備する必要もなく、通勤の電車の中だけでなく、飛行機を待つ間や機内などでのちょっとした時間にも、気軽に水彩画を描くことができました。また、機内でそんなことをしていると、隣の席の人や、客室乗務員さんが声をかけてくれて、退屈しない楽しいフライトになりました。

　一日を振り返るだけでも、無駄にしている時間があちこちにあることに気づきます。例えば、書類などを探す時間がそうです。書類をうまく管理すれば、書類を整理する時間や、探す時間を大幅に短縮できることにも気づきました（詳細後述）。

　作者不詳ですが、

Yesterday is History.

Tomorrow is a Mystery.

Only Today is a Gift, that's why it's called the Present.

というのがあります。まさに生きているいまは、天からの「贈り物」なのですから、今日の一日を無駄なく過ごすことが、いかに大事かということだと思います。

書類整理術

　会社勤めをしているとき、書類の保管と検索について検討しました。それは、職場には書類があふれ、保管スペースにも困る事態となっていたからです。それと、情報を整理、保管、検索する機器の開発を検討していたことにもよります。

　書類は、主に2穴式のA4のレターファイルやスプリングファイル、あるいは厚さ5〜7cmのキングファイルなどを使って保管していました。パンチ穴を開けたり、区分紙を入れたり、インデックスをつけたり、古い書類を差し替えたり、ファイルから取り出し処分したりと、結構手間がかかっていました。書類を探すことにも多くの時間を費やしていました。それらを、マイクロフィルム化して、保管スペースを少なくし、コンピュータによる検索を可能にするようなことも考えました。しかし、マイクロフィルムの撮影機、検索機などの価格が高価で、各職場に機材を導入するには、コスト的にも難しかったし、撮影の手間もかかり、原本が必要な書類も多くありました。

　1977年、考えた末に考案したのが、オープンホルダファイリングシステムという書類整理法でした。そのことを昇任のための研修報告書として成果をまとめました。

　一般的には、書類をファイルに綴じて、写真のようなキャビネットに縦向きに保管していました。

　標準的キャビネットの高さが約90cmなので、A4のファイルを

縦にして保管すると、2段になり、上部に10数cmほどの空間ができていました。

　そこで、下図のように型抜きした薄い段ボールをストックしておき必要なときに箱型に組み立てて、ファイルボックスとし、A3サイズの少し丈夫な紙（不要のポスターなどを利用）を二つ折りにしてインデックスをつけたホルダに書類を挟んで、ファイルボックスに入れることにしました。

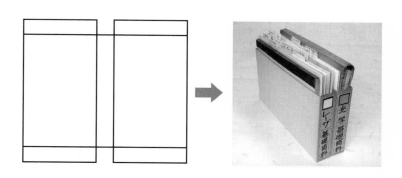

横向きに収納するので、高さが従来の35cmぐらいから25cmぐらいになり、キャビネットが3段に使えるようになって、書類の収容能力が1.5倍になりました。

　現在では、100円ショップなどで、大小さまざまなファイルボックスを手に入れることができ、ホルダは、ク

A4の書類を縦に入れた場合（右）と横に入れた場合（左）

リヤホルダや、A3用紙を二つ折りにしたものを使ってもいいですが、次の図のように、不要な封筒（角2サイズ　240㎜×332㎜）を裏向きにして、図のように点線のところで切断して使えば、資源をリサイクルして有効に使えてかつ費用もかかりません。

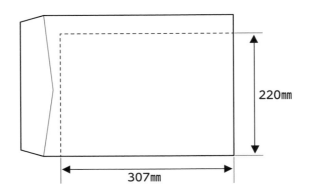

220㎜

307㎜

　さらに、ホルダの長辺の開口側をア行からワ行まで25㎜幅に10等分して、項目名や数字あるいはアルファベット順に、インデックスを付けるようにするとさらに書類の検索が容易になります。

会計資料

あ	か	さ	た	な	は	ま	や	ら	わ
1	2	3	4	5	6	7	8	9	0
A	B	C	D	E	F	G	H	I	J
K	L	M	N	O	P	Q	R	S	T
U	V	W	X	Y	Z				

　ファイルボックスに大分類のラベルを貼り、ホルダに小分類の
インデックスをつけることにより、書類を探す時間を劇的に減ら
ことができ、無駄な時間を大幅に削減することができました。

　ものを探す時間ほどもったいないことはないし、知りたい情報
を即座に取り出せるようにしておくことは、本当に重要なことで
す。

　さらに、たくさんの仕事を、並行してやっているとき、この
ファイルボックスを出し入れすることで、頭の切り替えがスムー
スにできるのです。

　パソコンの記憶媒体の中も、これと同じように、下記のように
分類しておけば、探すのも、簡単で、大幅な作業効率アップにな
ります。

〈例〉

大項目	中項目	小項目
A	01	001
		002
	02	001
		002
		003
B	01	001
		002

　さらに、各書類の右下などに、Ａ－０１－００１－書類名　と
いった分類コードを表示しておけば、書類を見れば、それがどこ
に保存されているかが一目瞭然です。それを作った人以外の人
が、似たような書類を作りたければ、分類コードを見て、その保

存先から、該当の書類を取り出し、変更を加えて、新しい分類コードをつけて保存することにより、作業スピードが格段に短縮されます。

　オープンホルダファイリングシステムの特長を整理すると、

・キャビネットが3段に使え、収容能力が1.5倍になる。

・書類をホルダに投入するだけなので、パンチ穴を開ける必要がない。

・パンチ穴がないので、廃棄も容易にできる。

・必要な書類は、ホルダ単位で取り出せるので、重たいファイルごと持ち運ぶ必要がなく、取り扱いが容易。

・ボックスのラベルとホルダのインデックスにより、検索が容易。

・綴じたままのほうがいい書類は、ファイルごとボックスに収納できる。

・本や冊子も書類と一緒に収納できる

・ファイルボックスに品物も入れることができるので書類との一体化ができる。

・自立するので、間のファイルボックスを取り出しても両側のファイルボックスが倒れない。

・ファイルボックスは、非常に安価であり、かつ高価なファイルが不要なので、コスト削減になる。

　以上のように、たくさんのメリットがあり、情報の整理が楽しくなります。これは、仕事場だけでなく、自宅の個人資料にも応用できます。

写真整理術

　デジタル写真時代になり、何枚撮っても、プリントアウトしなければ、コストはかからず、ついついパチパチとたくさん撮ってしまいます。しかし、「あれっ、あの写真はどこに保存したかな？」と、探すのに苦労していませんか？

　いろんな整理方法があるかと思いますが、やはり撮影年月日順にするのが一番整理しやすく探しやすいのではないかと思います。

　項目やイベントごとにしたい場合は、撮影年月日順にしたものから選び出して、ショートカットを作るか、コピーして2重に分類しておくのがいいでしょう。私の場合は、次のようにしています。

「ピクチャ」というホルダの中に、

　年（西暦）のホルダを作る。

　年ホルダの中に月のホルダを作る。

　　1桁の月のときは、前に0をつけておく。

　　その際、201801などと、年も入れておく。

　月ホルダの中に、日のホルダを作る。

　　1桁の日のときは、前に0をつけておく。

　　さらに、日付の後に、花子運動会などと項目名も入れておく。

　この項目名が、後で効果を発揮します。つまり検索のときの

キーワードになるのです。少々長くなってもいいので、後で検索
しやすいような具体的名前を記述するのがいいと思います。

〈例〉

年ホルダ	月ホルダ	日 項目名ホルダ
2018	201801	01 お正月
		03 熊本温泉旅行
	201802	04 節分パーティ
		12 フィリピン旅行
	201805	08 花子運動会
2019	……	

　こんな具合に、写真を保存しておけば、パソコン画面の右上（パ
ソコンにより異なる）の検索ボックスに、「運動会」などと入力
して検索ボタンを押せば、たちどころに保存場所がわかります。
　また、アルバム整理法も考えました。
　従来は、文房具店で買ってきた「写真用アルバム」に写真を
貼っていました。台紙の裏表に写真を貼るのですが、20枚40
ページほどのアルバムは、すぐいっぱいになり、1冊1000円以
上もするアルバムが何冊もいるような状態でした。あとで写真を
追加するにも、替紙を買ってきて、それに貼り、背表紙を外し金
具を外し挿入する必要がありました。写真の間に別の写真を挿入
したいときは、張り替えなければならないなどとても面倒でし
た。
　そこで考えたのは、Ａ４の30穴リングファイルを使う方法で
す。これだと、リングファイルやリフィル（クリアポケット）も

100円ショップで安く手に入り
ます。背幅が40mmぐらいのリ
ングファイルでも写真用アルバ
ムの半額ぐらいで、リフィルを
100枚以上収納することができ
ます。台紙は、黒のＡ４の上質
紙を用いて、片面に貼って、ク

30穴のルーズリーフファイルとリフィ
ルと黒い紙

リアポケットに背中合わせに挿入しておくことで、ページの挿入
や順番入れ変えが簡単にでき、黒いバックに写真が映えて見栄え
もよくなります。コメントなどは、紙に書いて貼るか、白色ペン
などで書くこともできます。

　もちろん黒以外の用紙を使っても構いません。これにより、ア
ルバムの整理が気軽に簡単に安価にできるようになります。皆さ
んもぜひやってみてください。

ルーズリーフファイルで作った写真アルバム

オフの時間

　オフの時間というものをちょっと考えてみましょう！

　一般的な週休２日制の会社に勤めるサラリーマンだと、仕事をしている時間は、お正月休み、ゴールデンウィーク、夏休み関係なしに１日平均10時間働いたとしても、週50時間×52週で2600時間です。睡眠・食事の時間は、１日10時間×365日で、3650時間です。１年間の総時間は、24時間×365日で8760時間ですから、残りのオフの時間は

　オフの時間＝8760−2600−3650＝2510時間

となり、下の図を見てもわかるように、オフの時間と仕事の時間はほぼ同じです。つまり、オフの時間を有効に使えば、仕事と同じくらいのことができるはずです。

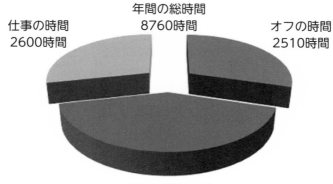

仕事の時間
2600時間

年間の総時間
8760時間

オフの時間
2510時間

睡眠・食事など
3650時間

大学卒で60歳定年とすると、

仕事をした時間＝2600時間×28年＝98800時間

60歳定年で80歳まで生きたとすると、

オフの時間＝（8760時間－3650時間）×20年

　　　　＝102200時間

　つまり、定年後のオフの時間は、それまで仕事をした時間とほぼ同じ10万時間くらいあるということです。定年後のありあまる時間をどう過ごすかが、問題になります。とくに企業戦士として、バリバリ仕事一本で過ごしてきた人は、定年後に対する備えができていません。オフの時間を持て余すことにもなりかねません。したがって、在職中から社外活動を活発に行い、いろいろな趣味をたくさん持っていれば、仕事を辞めたときに、暇を持て余すことにはならないと思います。

　人に与えられている時間は、誰にも公平に1日24時間です。とくにオフの時間をどう使うかにより、人生は大きく左右されます。平等に与えられた時間を目的意識を持って有効に活用し、人生をより有意義な楽しいものにしましょう！

定年へのソフトランディング

　仕事をしているときと、定年などで仕事を辞めたあとの落差にとまどっているシニアをよく見かけます。つまり毎日が日曜日になったときに、「何もすることがない」と暇を持て余し、家にいても居場所に困っている人々がたくさんいるということです。

　そのうちの何人かは、「仕事が忙しくて何もする暇がない」と言って仕事以外のことを何もしなかった人たちです。これは、自分で暇をつくり出せなかった人たちです。何とかしようという意思がある人であれば、その時間はつくり出せたはずです。

　会社でよく耳にした言葉に、「定年になったら、……をしよう」というのがあります。

　「いまは仕事が忙しくて時間がないけど、定年になったら、キャンピングカーを買って、日本一周しよう」などと夢を語っているのです。夢を持つことはいいことですが、「実現するといいですね」と答えながら、心の中では、ちょっと難しいだろうなと思っていました。

　というのは、日ごろから、趣味をいろいろ持っていて、会社外でも幅広く活動している人だったら実現の可能性は大きいかもしれませんが、とくに企業戦士として、仕事以外のことは何もしていない人は、さあ定年になったからといって、すぐに何かをできるものではないと思います。在職中から遊び心を持って、趣味を楽しみ、ボランティアなどの社外活動を積極的にしている人が、

定年になってからの生活を楽しむことができ、夢を実現できるのだと思います。

　若い人たちにも、積極的な校外活動、学外活動、社外活動を推奨します。日ごろから視野を広げ、人間力を高めておくことが、将来への布石になるのです。

　話は変わりますが、私が住んでいるところは、小字が「十楽」といいます。楽という字は、「たのしい」とか「らくをする」という意味があります。そこで、「楽」を使った熟語を10個考えてみました。

　音楽、娯楽、極楽、行楽、快楽、
　田楽、苦楽、楽器、楽曲、楽団

　これで十楽になります。

「楽」を使ったことわざに、「楽あれば苦あり」というのがあります。意味は、「楽ばかりしていると、そのあとに必ず苦しいことがある」ということだと思います。言い換えると、怠けた生活をしていると、後で必ず苦労することになるとの戒めの言葉だと思います。「苦あれば楽あり」ともいえ、苦労をしておけば、後で楽ができる、あるいは、楽しいことが待っているという意味にもなります。日本人は、苦労を美徳とするような考え方があります。

　しかし、私は「楽あれば楽あり」と考えます。「楽になることを工夫すると楽しくなる」「楽しいことを実行すると、さらに楽しくなる」「楽しくなると、さらに次の楽しみを工夫する」と思っています。このことが仕事の効率化につながるし、プライ

ベートの時間を楽しくすることにもつながると思います。

　つまり、仕事の時間もプライベートの時間も区別なく、常に遊び心を持って楽しくいろいろなことをやっていれば、仕事を終えても、いろいろあるうちの一つが終わっただけで、それ以外のたくさんのことを続けていけるので、暇を持て余すこともなく、逆に人から「仕事をしていたときよりも忙しいね！」と言われるくらいに、ソフトランディングできるものと思います。

仕事を楽しくする

　仕事というのは、なかなかうまくいかないことが多いものです。とくに私が担当していた開発の仕事は、10年に一つヒット商品が出ればいいといわれているくらい苦労の連続でした。それだけに成功するとその喜びは格別です。

　しかしながら、日々の仕事が苦労ばかりだと気がめいってしまいます。そこで、少しずつ工夫をして、仕事を楽にしていくと、そこに楽しさが出てきます。どんな小さなことでもいいので、仕事を楽にすること、すなわち楽しくするとこを考えたらどうでしょうか？　仕事が早くなる、正確になる、楽になる工夫は、考えたらいくらでも出てきます。その積み重ねが、大きな成果や成功につながるのだと思います。そこには、遊び心のある工夫も大事だと思います。そうすると仕事も楽しくなります。

　Office Automation（OA）という言葉が使われ始めて久しくなりますが、これは、仕事を効率化することにほかなりませんが、その結果仕事を楽にすることがOAと言ってもいいでしょう！

　2000年ごろでしたが、仕事の効率化を図るために一つ取り組んだことがあります。そのころは、一人一人がパソコン端末を持ち、書類の作成やデータ作成・分析などをそれぞれの担当が行って、それぞれのパソコンに保存していました。そのため、担当者が休んだときなどは、その内容がわからず、個人のパソコンの中

も思うように見ることができませんでした。

　そこで、ハードディスク（サーバ）を用意し、各人のコンピュータとネットワークを組み、課内のすべての仕事の分類を行い、それぞれのホルダをサーバ内に設けて、作成途中のものも含めて、すべてのデータをサーバに入れるようにしたのです。

　つまり「個人資料を一切持たないこと」を徹底しました。前述したように、書類の右下には、ホルダの分類記号（例えばA-01-006）を付けておくようにしたのです。

　これによって、書類の作成が速くなり、検索が速くなり、担当者がいなくてもほかの人がすぐに該当の書類を引き出せるということで、大幅に仕事の効率化を図ることができました。いまでは当たり前のことかもしれませんが、当時は、かなり画期的な改革ができたと自負しています。実は、このことで、私の夢の一つが叶うことになったのです。

　数名の部下を持つ管理職だった私は、APCC（アジア太平洋こども会議・イン福岡）というNPOでボランティア活動をしていて、その中に、福岡のこどもたちを海外に派遣するというプロジェクトがあります。2001年から引率者を公募するということになり、団長に応募することにしたのです。

　そのことを部長にお伺いを立て、「休暇を1週間ください」と申し入れたところ、「管理職が1週間も休みをとるなんて何を考えているんだ！」と叱られました。結果的には、いろんな手を尽くして休暇をとって行けることになったのですが、一番の説得材料は、このサーバによる書類の共有化だったのです。結局、1週

間の派遣期間中メール一つ受け取ることもありませんでした。

　それから、毎年のように春休みには1週間前後の休暇をとって、こどもたちを連れて海外へ行くことができました。

　上司が休みを取るということは、部下にとっても休みを取りやすい環境をつくることになり、やる気が出るという効果もあったと思います。仕事の効率化を図れば、仕事が楽になり、その結果として、仕事が楽しくなり休暇も取りやすくなるのです。一生懸命考えれば、仕事を楽しくするいろんなアイデアが出てくるものと思います。

ボランティアは誰のため？

　ボランティアと聞いたら、あなたは、何を想像しますか？

　「社会のため人のために、何か役に立つことをすること」、すなわち奉仕活動と思っていませんか？

　ボランティアの語源を調べてみましょう！

　英語では、volunteer、その意味は、

【名】　1　志願者；ボランティア、篤志奉仕家

　　　　2　志願兵、義勇兵

【形】　1　有志の、志願（兵）の

　　　　2　義勇（軍）の

　　　　3　〈植物が〉自生の

【動】　【他】1　〈奉仕・援助などを〉自発的に申し出る

　　　　　　2　〈意見・情報などを〉自発的に述べる

　　　　【自】1　進んで事に当たる［従事する］

　　　　　　2　〔…に〕志願する

　　　　　　2　〔…の〕徴兵に応募する

となっています。一方、奉仕とは、英語でserviceであり、あきらかにvolunteerとは異なるのです。

　volunteerの主な意味である「志願兵」を考えてみましょう。

　どういう人が、どういう目的で志願兵となるのか？

　確かに、国のために役に立ちたいという高邁な意識を持って「志願」する人はいると思いますが、そういう意識で志願する人

は全体のどれくらいいるのでしょうか？　高邁な意識を持って危険な「前線」に出かける人は、果たしてどのくらいいるのでしょうか？

　現実的に考えると、「志願兵」になる目的は、

・軍隊の訓練で体が鍛えられる。

・飛行機の操縦や自動車運転の免許が無償で取れる。

・高いサラリーが得られる。

・移住者などの場合グリーンカード（市民権）が得られる。

など、ほとんどの場合、結局は自分のためであることが想像に難くありません。詰まるところボランティアとは、自分のためだということになります。自ら進んでやることがボランティアなのです。

　ボランティア活動が、人のため社会のためだと考えている人は、その活動に対して誰かに「ありがとう！」の一言など何らかの見返りを知らず知らずのうちに期待しているのです。実際、「これだけ頑張っているのに、誰からもありがとうの一言もない！」と言って、挫折する人や長続きしない人も多いのです。

　一方、ボランティア活動を、自分のため、自分の楽しみのため、自分の生きがいなどと考えている人は、人に「ありがとう！」と言ってもらう必要はまったくないのです。趣味を一生懸命楽しくやっているところに「ありがとう」と言われる必要がないのと同じです。「いいことしているね」とか「大変ね」とか言ってもらう必要もありません。言い換えると、人に「ありがとう」の一言を期待しているのであれば、真のボランティア活動をしていると

はいえないのです。

　ボランティアは、あくまでも自分のために自らの意思で行う行動・活動です。そうあるべきなのです。そこに楽しみが加われば、さらに長続きするし、生きがいにつながります。楽しめなくなったら、ボランティアではなくなっていると思っていいのです。

　決して、義務感とか使命感とかでボランティアをするべきでないし、service（奉仕）と混同すべきではないと考えます。

　相田みつをの言葉に「人の為と書いていつわりと読むんだねぇ」というのがありますが、同感です。

　ボランティアを学校の授業とリンクさせ、ボランティア活動に単位を与えるなんて愚の骨頂です。あくまで自発的な活動であるべきなのです。

　私がボランティア活動をするのは、そこでたくさんの人々に出会え、自分自身の個性が顕在化し、さまざまな「学び」があり、刺激を受け、いろんなことをする上でのmotivation（動機づけ）が得られ、生きる力となり自分の成長につながるからです。

　自分のやりたいことを自ら進んで楽しくやることが真のボランティアなのです。結果として、その活動が日本で世にいうボランティア活動となれば、それに越したことはありません。

「自ら進んで」が基本ですが、きっかけは人からの「誘い」やチラシ・新聞記事などの「誘い」から始まることが多いようです。

「誘われたら行く」ことから楽しいボランティア活動を始めましょう！

違っていいな！

　日本人は、海外にいくと、そのシャイな性格もあってか「何を考えているかわからない」と思われがちです。確かに自己主張もあまりしないし、目立たない存在です。つまり個性がないと思われています。グローバル化する国際社会においては、やはりしっかりした主義主張をすることが求められます。しかしながら、日本では、強い個性は得てして嫌われがちです。日本の社会では、仲間や周りの人との同化・同調が重んじられ、個性が強すぎると、「出る杭は打たれる」など「変人」扱いをされるのが常です。つまり「まあまあ」「なあなあ」の世界です。

　でも、個性を持つということは、社会における存在価値を持つという意味でも重要なことです。個性がなく、目立つ存在でないと、社会での存在価値も感じられず、「いてもいなくても一緒」と思われがちで、生きがいが感じられないことにもなりかねません。とくに国際社会では、しっかりした考え方を持つことは重要なことだと言えます。

　日本の教育の中では、学業成績が重んじられ、成績が悪いと、とたんに「落ちこぼれ」のレッテルを貼られたり、協調性がないと、仲間に入れずに、「いじめ」の対象になったり、結果として「不登校」になることが多くみられます。

　しかしながら、そういう子のほうが、素晴らしい個性を持っているということに、どれくらいの人が気づいているでしょうか？

むしろ画一的教育でその範囲内に収まっている子は、個性のない
「金太郎あめ」的な状態になっている恐れがあります。

学業成績で見ると、

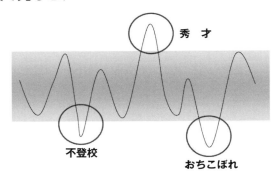

見方を変えると、

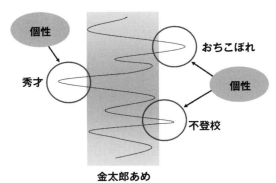

　つまり、成績の良し悪しのみで人を評価するのでなく、どうい
う個性を持っているかでその人の価値を見るべきではないでしょ
うか。
　どういう環境で育ったか、どういう身体的特徴を持っているか、

どういう才能を持っているか、どういう考え方をしているかなど、それぞれ皆違いがあります。それが個性というものであって、人それぞれ、その個性を育て高める能力を持ち合わせています。もちろん、周囲の人がその個性に気づき、サポートすることもまた重要です。ちょっとした手助けで、絵の才能、音楽の才能など、いろんな個性を引き出すこともできます。

そこには、日本人も外国人も、また健常者も障害者もありません。一人一人が「オンリーワン」なのです。その違いを認め合ってこそ心豊かな社会が築けるのだと思います。

東京大学教授の福島智さんは、9歳で失明、18歳で聴力を失いましたが、その言葉に、

「われわれは障害者である。普通人と同じ人間である」

「明るくないと生きていけない。面白くないと生きる意味がない」

というのがあります。彼も私たちと同じ人間なのです。そして、「違っていいな！」なのです。

個性について、インドの仏教学者タシ・ラブギャスが次のように言っています。

「健康をそこねると、体の一部に障害が起こる」

「個性を失うと、体の全部を失うことになる」

いかに、個性が重要であるかを的確に表現している言葉だと思います。

また、マーチン・ルーサー・キング・ジュニアが1963年8月23日に行った有名な演説があります。すべての節が、I have a dreamで始まっていて、とくに次の一節は、人種差別をなくし、個性でもって評価するように訴えた有名な部分です。

I have a dream that my four little children will one day live in a nation where they will not be judged by the color of their skin but by the content of their character. (私の4人の子どもたちが、いつか肌の色ではなく、個性で評価されることを夢見ます)

　個性とは、日本語では、「その人が持つ独特の性質」。「その人らしさ」などと言い、英語では、「personality」とか「identity」にあたります。

　お互いが違いを認め合い、さまざまな個性が混在して共生していける社会が、真の平和な社会ではないでしょうか？

　しかし、個性教育の実施となると、言葉でいうほど簡単ではありません。一つのクラスには、数十名のこどもたちがいて、数十通りの個性があります。一人一人のこどもに、その個性に合った対応をひとりの先生でやるのは、不可能に近いといえます。

　私の町に、「学び場支援事業」というのがあって、地域のボランティアにより、放課後、こどもたちと一緒に「遊び」と「学び」の支援をやっていこうという取り組みです。「遊び」の「び」と「学び」の「び」をとって通称「BBクラブ」と呼んでいます。主に地域のシニアや主婦がこれにあたって、放課後の3時半ぐらいから夕方6時までこどもを預かり、一緒に宿題や用意したプリントをしたり、将棋、碁、オセロ、折り紙やけん玉、バドミントンやドッジボールで遊んだりするのです。とくに共働きの家

庭からは、家に帰ってきたこどもに「早く宿題しなさい」と言う必要がなくて助かるとの言葉も聞きます。私たちシニアにとっても、遊びは適度の運動になるし、町中で出会ったときに、こどもから声かけしてきて、地域とのつながりを感じることもできます。

　この取り組みを一歩進めて、多くの経験を積んだシニアの手助けを借りて、こどもの個性や創造性を高める機会づくりをしていけたらいいなと思います。学校の現場で先生と一緒になってというのが、ちょっと難しくても、このような取り組みで、経験を積んだシニアが、こどものそれぞれの個性や才能に対応し、漫画が好きな子には絵の心得を持つシニア、野球が好きな子には野球が得意なシニア、音楽が好きな子には音楽の経験があるシニア、パソコンに興味がある子にはパソコンが得意なシニアが、それぞれついてアドバイスをしていけば、多様な個性に対応できるのではと思うのです。手取り足取りするのではなく、あくまでこどもたちの主体性を失わないようにして、よき理解者としてちょっとした手助けをするのです。そうすれば、大人とのコミュニケーションも自然に身につくと思います。

　話し相手、相談相手がいることによって、こどもが持つ悩みなども聞いてあげることができ、いじめや不登校も減るのではないかと思います。シニアにとっても大きな生きがいになるのは、間違いないと思います。

　また、こどもに「学ばせる・与える教育」だけでなく、「自ら学び、考えさせる教育」を目指すべきだと思います。

　違いを引き出し伸ばす「個性教育」が私の理想です。

「日本人」と「外国人」

「ガイジン」扱いをしないアメリカ

　日本は島国で純粋民族であるがゆえに、外国人のことを「異人」あるいは「ガイジン」と言って、日本人とは違う人種、あるいは異質な人種として扱ってきました。

　私もこどものころは街を歩いていて、金髪の人や肌の黒い人などを見かけると、思わず振り返って見ていました。いまでは、たくさんの「ガイジン」を街で見かけるようになって、そんなに珍しいことではありませんが、それでもまだまだ少ない気になる存在です。

　日本は島国であり、江戸時代の鎖国政策の影響もあってか、極端に「ガイジン」が少ない特殊な国であるといえます。言葉の壁もあるのかもしれません。そんな環境だからついつい異質な人々として意識してしまうのでしょう。

　35 年ぐらい前、はじめて海外に出張したときのことですが、ラスベガスの通りを歩いていたら、道を尋ねられました。アメリカでは日本人は外国人であるにもかかわらず、道を尋ねられたのです。日本では、「ガイジン」に道を尋ねるでしょうか？　まず「ない」と思われます。このことは、アメリカでは、日本人を「ガイジン」扱いをしていないということになります。それは、生活の中で、自然に東洋人、欧州人、南米人、アフリカ人など、いろんな人種が入り乱れていることの表われです。

なぜ「日本人」と思うか──こどもたちと考える

あるとき、頼まれて、小学校高学年のクラスで国際理解教育の授業を行いました。

こどもたちに、「自分は日本人だと思う人は手を挙げて」と呼びかけたところ、当然のことながら全員が手を挙げました。次に、一人一人になぜ日本人と思うかを聞いてみました。

・日本に住んでいるから

・日本語が話せるから

・顔が日本人だから

・両親が日本人だから

など、いろんな答えが返ってきました。

これらが、日本人と外国人を区別する条件になるかどうかをこどもたちと一緒に考えました。

日本に住んでいる外国人もたくさんいるよね！

日本語を話せる外国人もいるよね！

モンゴル人や中国人などは日本人と同じ顔をしているよね！

両親が日本人であってもアメリカで生まれたらアメリカ人、ブラジルで生まれたらブラジル人になるんだよ！

などと、これらがことごとく日本人であることの決め手にならないことを認識してもらいました。

そして、「強いて言えば、日本人とは、〝日本国籍〟を持っている人のことを言うんだよ」と説明した上で、例えば、インドの国籍を持ったインド人でも日本人と結婚し、長く住んでいて「帰

化」という手続きをすれば、「日本国籍」が取れて「日本人」になれるということも説明しました。つまりインド人の顔をしていても日本人なのです。

　結局、外見などで「日本人」と「外国人」を区別することができないということを納得してもらいました。そして、この国際理解教育を通じて「日本人」と「外国人」を区別することがナンセンスなのだということを感じてもらえました。それが、私のこの出前授業の大きな目的でもありました。

日本人としての誇りと自信を

　トルコを訪問したときですが、アヤソフィアというイスタンブールにある博物館（現在はモスク）を見学していると、2人の女子学生が寄ってきて、「日本人ですか？」と聞くので、「はい、そうですよ！」と返事すると、質問攻めに遭い、最後には「メールアドレスを教えてください」と言うのです。このように日本人とわかると、とたんに態度を変え親しく話しかけてられるという体験をしました。また、日本人がかかわった事柄を数多く教えてもらいました。

　いろんな国を旅すると、先人がやってきたことの素晴らしさや日本に対するあこがれや畏敬の念を持った人の多いことに気づかされます。これらが親日国の多いことにつながっているのです。おそらく日本ほど好かれている国は、ほかにないのではないかと思うくらいです。

　日本が好かれている理由を挙げてみると、
　・ODAなどで世界に物資や資金を支援
　・Made in Japanの品質
　・誠実で勤勉で正直な国民性
　・やさしく、親切な日本人の気質
　・治安がいい、安全で平和な国
　・アニメや漫画のサブカルチャーへの興味
　・日本人観光客の礼儀正しさ

などがあります。

　というわけで、次に主な親日国とその理由を挙げてみます。

○トルコ

　トルコが明治政府に派遣した親善使節656名を乗せたトルコの軍艦エルトゥールル号が帰国の途中1890年9月16日夜半、和歌山沖で台風のため遭難し沈没。和歌山住民の必死の救援活動で69名の乗員が救出され手厚く看護のあと、日本の軍艦2隻でトルコまで送り届けた。

　1985年のイラン・イラク戦争時には、トルコ航空が危険を顧みずイランに取り残された在留邦人約200名を救出し、「エルトゥールル号の遭難の恩返しをする」と言って日本へ送り届けた。

　さらに、1995年の阪神淡路大震災の折には、トルコから救援隊がかけつけ、1999年のトルコの大地震の際には、日本から寄付とともに救援隊が派遣された。

　このように100年以上にわたって友好関係にある。

○パラオ

　1920年から1945年までの25年間日本が統治し、現地人の3倍近い日本人が移住し、日本軍の前線基地となった。その間、教育制度や病院などのインフラ整備を行い、漁業、農業、鉱業分野でも目覚ましい発展をした。日本はアメリカからの独立をいち早く承認。1994年独立後、初代大統領には、日系人が就任。いまでも多くの日本語が使われている。

○台湾

1895年から1945年まで50年間、日本の統治下にあり、教育制度やダム建設、鉄道、道路、港などのインフラ整備を行ってきた。とくにダム建設による農業用水が台湾の農業に大きく貢献した。

毎年人口約2300万人の20%（5人にひとり）が日本を訪問している。

○モンゴル

共産主義から民主化の際に日本が援助し、その後も日本のODAにより経済発展した。モンゴル出身の力士が数多く日本で活躍している。

○ポーランド

1920年と1922年の2回にわたって、敵国ロシアに取り残されていたポーランド人の孤児765名を日本赤十字が救済し、日本に連れ帰って手厚く保護。その後、孤児たちをポーランドに無事帰国させた。2006年に、孤児の最後の1人となった女性は「日本は天国のようなところだった」という言葉を残して亡くなった。1995年の阪神大震災のときには、孤児になったこどもたち60名がポーランドに招かれて、温かいもてなしを受けた。

○ブラジル

1908年、はじめてブラジルへ日本人が移民して以来、世界最

大の日系社会を築いている。日本人の高い職業意識や規律正しさ、勤勉さから信頼と尊敬を得ている。

○モロッコ

　1956年のモロッコの独立を日本が早期に認めたこと。さらに、日本の皇室とモロッコ王室の関係が良好であること。それに加え、これまでにモロッコを訪れた日本人旅行者の振る舞いが、現地の人々が好感を抱くようなものだった。

○ウズベキスタン

　シベリアに抑留された日本人捕虜たちが建設に携わったナヴォイ劇場が1966年のタシケント大地震でも倒壊することなく、多くの市民の避難所として使

日本人捕虜たちによって建設されたナヴォイ劇場

われ市民の命を守った。捕虜にもかかわらず、その献身的な仕事ぶりに敬意を表し、劇場には、日本語で「1945年から1946年にかけて極東から強制移送された数百名の日本国民が、このアリシェル・ナヴォイー名称劇場の建設に参加し、その完成に貢献した。」と表記されている。

○フィンランド

　国際連盟の事務局長だった新渡戸稲造は、フィンランドとスウェーデンの間で起こったオーランド諸島の領有権争いを解決し島に平和をもたらした。

○北マケドニア

　1963年、紀元前から続くマケドニア（現・北マケドニア）の首都スコピエを大地震が襲い、市内の建物の80％が壊滅状態となったが、その街の再建を、丹下健三氏を中心とした日本チームが担当した。

○タイ

　600年前に御朱印船による交易が始まり、16世紀アユタヤ王朝時代には、最盛期には2000～3000人以上もの日本人が住む日本人村があった。また、日本の皇室とのつながりが深い。第二次世界大戦のときには一時的に同盟関係にあった。

　お互い米を主食とし、仏教国である。また日本企業が多く進出。

○インドネシア

　日本人が、オランダによる再植民地化を防ぐ手助けをした。

　独立後初の大統領スカルノは、大の親日家であった。

○インド

　日本がイギリスからの独立運動を支援し、1915 年、独立の画

策をしていたビハリ・ボースの日本亡命を受け入れた。敗戦後の
「東京裁判」で、インドのパール判事はただ1人日本人被告全員
の無罪を主張した。また、陸軍士官だった杉山龍丸は、戦後私財
を投げうってインドの砂漠の緑化運動に貢献し「グリーン・ファー
ザー」と呼ばれた。

○ミャンマー

　第二次世界大戦中、日本はビルマ独立義勇軍の形成を支援し、
英国からの独立を支援した。この独立義勇軍は現在のミャンマー
軍の基礎となっている。

○イラン

　1951年にイランが石油事業を国有化したことにイギリスが激
怒し、海上封鎖してイランの石油を国際市場から締め出そうとし
ていたところを日本が密かにイランの石油買い付けに乗り出した。

○パキスタン

　綿花を日本に輸出していて、投資や交流が盛んで、車のほぼ
100％が日本車である。

○ブータン

　日本人の西岡京治はブータンの農業発展に人生を捧げ、ブータ
ン農業の父として国王より外国人として唯一ダショー（最高に素
晴らしい人という意味）の称号を授与され、亡くなったときは国

葬が執り行われた。

○スリランカ

　戦後のサンフランシスコ講和会議で、スリランカ代表のジャヤワルダナが、日本を擁護する演説をして、日本の主権復帰を後押ししてくれた（詳細前述）。

　このように、親日国は、枚挙にいとまがありません。これらを知るたびに、日本人としてなにかしら誇らしさを感じるとともに、この親日の状態を崩さぬよう、日本人としての誇りと自覚を持った行動を心掛けないといけないなと思います。

　日本経済は、戦後の目覚ましい経済発展で、GDPがアメリカに次ぐ世界第2位の経済大国にまで成長しましたが、バブル崩壊後は、GDPは中国に抜かれ、意気消沈し自信を失っているように感じます。それでも世界第3位の座を守っています。世界の国々が評価しているように、日本の技術は依然高い水準にあり、例えば、最新鋭の旅客機のボーイング787は、その構成部品の35%は日本製で、ボーイング社自身の35%と同じなのです。

　今後も、日本人は、誇りと自信を持って、世界の舞台で活躍をして欲しいものです。

異文化交流がもたらすもの

　「今日からあなたも国際人」というキャッチフレーズで、毎週金曜日にCosmopolitans Seminarという異文化交流セミナーを開催しています。

　このセミナーは、1984年から2年間、青年海外協力隊として、アフリカのタンザニアに電話線路隊員として派遣された熊坂義文さんが、「税金を使って貴重な体験をしたので、それを還元したい。その一つの方法は、この経験を日本の皆さんに伝えることだ」と言って、1989年6月に開設したものです。以来、留学生や日本に住む外国人、海外経験をした日本人、ときには異業種の方々に来ていただき、質疑応答を含め2時間ほど話をしていただ

異文化交流セミナーの様子

いています。

　熊坂さんは、残念ながら2000年に直腸ガンのため志半ばの45歳という若さで亡くなりましたが、私たちは、その遺志を受け継いで現在も続けていて、すでに30年を超えました。その開催回数は1500回に及び、参加者も1万6000人を越えました。

　そこでの楽しみは、日本の常識を覆す外国での生活スタイルや習慣の違い、社会システムなどを知り視野を広めることと、講師やそこに集う多くの人たちとの出会いです。

　そのことにより、参加する人々に、ものごとに対するふところの深さを育み、豊かな発想と、創造性を高め、結果としていきいきとした「生きがいある人生」を築くことに貢献していると思っています。

　現在、このセミナーの代表として活動している私にとっては、毎週１人のペースで講師を探すという役割があり、いろんなところに出かけていくモチベーションにもなっています。「今日はどんな講師と出会うかな？」と嬉々として出かけるのです。

　異文化というと、すぐに外国を考えてしまいますが、もっと身近にたくさんの異文化があることも忘れてはなりません。つまり、横に座っている人は、たとえ同じ日本人であってもすでに異文化なのです。

　人それぞれ、生まれた環境の違いにより、さまざまな性格や考え方、身体的特徴を持っており、その個性を理解することからコミュニケーションと交流が始まります。自己主張の強い人、もの静かな人、茶髪の人、目が見えない人、車椅子の人、肌の色が違

う人、言葉の違う人などなど、すべてが個性なのです。地球上に80億人いれば、80億通りの個性があるのです。

　相手が外国人であろうが、日本人であろうが、一つの個性を持つ人間として交流を深めていけばいいのだと思います。

　島国に育った日本人は、とくに外国人を異質な者として扱いがちですが、彼らも私たちと同じ地球人です。ヨーロッパへ行けば、国境はあって無きに等しいし、北米の大都市へ行けば、そこはもう人種のるつぼです。インドは、一つの国ですが、18以上の異なった言葉を話す地域の集まりだし、中国にも50以上の民族が住んでいます。

　日本にも、多くの国からやってきた人たちが住むようになりました。しかし、幸か不幸か、海に囲まれていて、まだまだ異文化に触れ合う機会は少ないのが現状です。

　多くの人と出会いながら、まず、その異文化を寛容に受け入れ、理解しようと努力し、その人の個性を尊重し、広い心を持って接することによって、自分の個性を豊かにし創造性を高めることが、

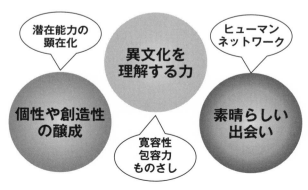

異文化交流で得られるもの

国際社会で受け入れられる国際人（地球人）への道だと思います。
　異文化交流のチャンスは、私たちの身近にたくさんあります。
積極的に、そして前向きに行動し、さまざまな個性を持った人と
出会って、自分の心を「ひろくひろく、もっとひろく」して、自
分のものさしを限りなくひろくすれば、現代病の一つであるスト
レスを軽減することにもつながり、心豊かな生きがいある人生を
築くことができるのです。

交流は、こどもからシニアまで

　いろいろな活動をする中で、こどもからシニアまで幅広い年齢層の皆さんとの交流が、私の人生をより豊かにしているように思います。

　各年齢層との交流の主なものをいくつか紹介します。

アジア太平洋こども会議・イン福岡のこと

　1989年、福岡市政施行100周年を記念してアジア太平洋博覧会「よかトピア」が約半年にわたって開催されました。

　シーサイド百道浜地区を埋め立てた会場に、1000社以上の国

海を埋め立ててつくられたアジア太平洋博覧会「よかトピア」の会場

内企業、40か国近い国や国際機関が参加する一大イベントでした。私のいとこの娘もハワイ館のコンパニオンとして参加していたので、数回訪れました。

このとき、福岡青年会議所（Junior Chamber）の皆さんが中心となって企画した参加イベントが、アジア太平洋の国々のこどもたち1000人を福岡に招聘しようという前代未聞のものでした。

当初は、1回限りのイベントのつもりだったそうですが、その感動が忘れられず、翌年も翌年もということで、現在は、NPOアジア太平洋こども会議・イン福岡（通称APCC：Asian-Pacific Children's Convention in Fukuoka）が運営にあたり、福岡が世界に誇る国際交流事業として根付いています。

メインは、毎年、アジア太平洋の40を超える国と地域から、200名あまりのこどもたちを福岡に招き、ホームステイや学校登校、交流キャンプなどの異文化交流を通じて、一般市民の国際理解を推進する「招聘事業」ですが、1994年からは、春休みに日本のこどもたちがアジア太平洋の国々を訪問しホームステイすることで、いままで一方通行だった交流を相互交流に発展させ、真の国際交流の確立と地球市民としての意識の高揚、ひいては「世界平和」を願って「派遣事業」も始まりました。現在は、夏休みにも実施されていて、春夏合わせて約200名のこどもたちが海外へ出かけて行って交流しています。

このAPCCと私のかかわりは、第9回が行われた1997年に、事務局長から電話があり、「アジア太平洋こども会議の様子をインターネットで毎日レポートすることで、世界中の人々にアピー

ルし、意義を理解してもらって支援者を増やすためのPEACE Projectを手伝ってもらえませんか？」という協力要請があったことから始まりました。

PEACE Projectとは、Promoting Exchanges Among Children of the Earthの頭文字ととったものでした。

1980年代はパソコンの時代になると勉強を始めたことが、こういう場で役に立つことと、「頼まれたらやる」の信条のもと、喜んでこの活動に参画することにしました。

翌1998年には、10周年を記念して、APCCに参加したことのあるOBの同窓会組織であるブリッジクラブ（BC）が結成され、国境を越えた地球市民のネットワークが構築されて行くことになりました。

この同窓会国際組織BCIO（BRIDGE CLUB International Organization）の青年たちとの交流が、私とアジア地域の人々とのネットワークの重要な部分を占めています。

活動を続けていると、2001年の「派遣事業」から引率者を一般公募するということになり、早速応募しました。団長として採用され、小学生から高校生12名を連れてミャンマーを訪問しました。軍事政権下のミャンマーで経験したこと、感じたことはまさに「百聞は一見に如かず」でした。開発途上国で治安も悪いだろうと思っていましたが、現地の人が「世界で一番治安がいい国ですよ」と自慢げに言うのです。夜中に人気のないところも歩きましたが、確かに、危ない目に合うこともなく、「女性がひとり歩きしても大丈夫だ」と思ったくらいでした。軍隊や警察などの

治安部門が、しっかり監視しているからかなぁとも思いました。こどもたちを派遣するにあたって事前調査が実施され、安全かどうかを確認して「派遣問題なし」としたのも頷けました。

　また、教育省を表敬訪問したときのことですが、案内された大臣室は、エアコンもなく少々暑かったのですが、秘書の方々が横に座ってうちわで私たちを扇いでくれながら「暑くてどうもすみません！」と言うのです。心の中で「暑いのはなにもあなたたちのせいではないですよ！」と思いながら、「なんて心の優しい人たちなんだ！」と感動しました。後日、在ミャンマー日本大使館を訪問したときに、このことを話していたら、なぜか自然と涙があふれてきました。ミャンマーの皆さんの心の温かさをあらためて思い出したからでした。

　こどもたちにとっては、いままで日本国内ですら知らない人の家に泊まることなどなかったろうに、海外のそれも言葉もよく通じないような家庭にひとりでホームステイするという大冒険をするのですから相当のインパクトがかかっていたに違いありません。1人か2人はホームシックになる子もいましたが、それらを乗り越え、帰るときには、「日本に帰りたくない！」と涙を流しながらホストファミリーと別れる姿が忘れられません。

　1週間足らずの交流ではありますが、この経験を経て、こどもたちには「なんとかなる！」という自信と自立心が芽生え、異文化に対する垣根が取り払われ、その後の人生に大きな影響を及ぼしていることは間違いありません。そのときの団員の1人は、作曲家・ピアニストとして、ニューヨークに在住して活躍中です。

ミャンマー人の男性と結婚した団員もいます。私自身もその感動やこどもたちの変わりようを自の当たりにして、毎年引率するようになり、アジアの国々13か国を訪問することができました。いろいろな国を訪問することで、その国のいいところ悪いところ、日本のいいところ悪いところに気づき、自分自身の学びにもなり自分の成長が感じられただけではなく、ミッションに行く前と後でのこどもたちの変化・成長が目に見えてあったことが、また行こう！と思うモチベーションになっていました。さらに、訪問する国々で出会うたくさんの人々と友達になれることが何よりの財産になっています。個人的に各国を訪問するときも、BCIOのメンバーたちと再会を喜び合い、滞在中親身になって私たちの世話をしてくれることが何よりも嬉しいことです。

　一緒に行くこどもたちには、行く前に、

　①日本の代表としての心構えを持って訪問しよう！

　　あなた１人のしたことが、「日本人は……」ということになることを自覚して行動しよう！

　②ミッションが終わってもみんなとずっと家族でいよう！

　　引率者もみんなのお父さん、お母さん、お兄さん、お姉さんだよ！

と何度も言い聞かせていました。私にとって団員は、自分のこどもや孫みたいなもので、その後の成長を見守ることがなによりの楽しみとなっています。

福岡United Childrenのこと

　前述のAPCCの「派遣事業」で、2008年にインドに行きましたが、そのとき一緒に行った中学1年生のR子さんが、高校生になったときに電話をしてきて、「福岡United Childrenというグループをつくりたいので、シニアアドバイザーになってくれませんか？」と言うのです。これも「頼まれたらやる」の信条のもと二つ返事で引き受けました。

　「福岡 United Children」とは、中学生・高校生たちが、企画・実行・振り返りをすべて自分たちだけで行うというグループで、私が推奨している校外活動を推進するものです。

　福岡およびその近郊の中学生・高校生たちが集まり、被災地支援、募金活動、18歳選挙権のPR活動、音楽祭、スタディツアー、農業体験などさまざまな活動を行っています。そんな活動を見守りながら、ときどきアドバイスするのですが、そんな彼らを見ていると日本の将来に明るいものを感じ、頼もしくも思います。また、彼らとの交流が自分自身の若さを保つエネルギー源にもなっています。

留学生との交流

　留学生との交流も私の人生を豊かなものにしてくれています。

　スリランカの留学生との交流をきっかけに、ほかの国の留学生との交流もはじまり、福岡県留学生会の活動にもかかわるようになり、たくさんの留学生と友達になりました。

　留学生との交流およびAPCCの各国ブリッジクラブのメンバー

との交流のおかげで、仲良くなった若者から、「今度、結婚する
から結婚式に来てくれませんか？」という誘いが来るようになっ
て、「誘われたら行く」を信条に参列しているうちに、いままで
10回近く海外の結婚式に出かけました。海外の結婚式は、その
国の文化が凝集しているので、非常に興味深いものがあります。
そして参列すれば、家族のように接してくれるのがなんとも嬉し
く思います。そんなわけで、アジアの国々は、どこへ行っても誰
か知り合いがいるということになり、訪問するのが楽しくなりま
す。

シニアネット久留米のこと

　インターネットを通じて地元のシニアの生きがいを高めていこ
うという活動に誘われ、「インターネットお助け隊」を組織し、
シニアの自宅に赴いて、パソコンの使い方やメールの仕方を教え
たりしていました。それからまもなくの1998年、日本では先駆
けとなるNPO法人「シニアネット久留米」の設立に携わること
ができました。

　同年代のシニアの皆さんは、それぞれ素晴らしい経験をお持ち
の方ばかりで、大いに刺激を受けています。私も培ったパソコン
の知識を生かして、皆さんの「生きがい」を高める手助けができ
きているものと嬉しく思っています。驚くのは、90歳ぐらいに
なっても、SNSのSkypeを駆使したり、オンラインミーティング
に加わったりしているシニアがいるということです。こういう人
たちと活動を共にしていると、自分自身への励みになるとともに、

勇気をもらいます。活動を続けているうちに、2019年には理事
長に就任し、いまにいたっています。

　このように年代を越えた皆さんとの交流は、自分自身により豊
かな人生をもたらしています。

情報化社会におけるコミュニケーション

パソコンやスマホは世界を広げる道具

　現代の世の中においては、コンピュータの発達やインターネットの普及によって、情報があふれています。そういう中で求められることは、情報の選択です。情報の選択を誤ると、ウィルスに侵されたり、悪意の誘いに乗ったりして、被害を受けることもあります。怖がってインターネットに接続しない人すらいます。このことは、「怖い人に会うかもしれないので、外出しない」というのと一緒です。そういうことでは、楽しい人生が送れないのではないかと危惧します。つまり、外出して出会った人が、いい人か悪い人かを判断するのと同じようにネットの社会においても、情報の良し悪しを判断する能力を身に付けておくべきだと思うのです。

　考え方が飛躍するかもしれませんが、カッターナイフは人を傷つけるおそれがあるからと、学校に持っていくことが禁止されているところが多いですが、禁止するのではなく、正しい使い方を学んでその便利さを享受することのほうが重要だと思います。社会に出たときに、カッターナイフで鉛筆を削ったり、紙を切ったりするのが不器用では困ったものです。

　パソコンやスマートフォンなどにも同様のことがいえます。ひとたびネットにつながれば、世界中の人々や情報に接することができます。確かに、誤った情報や、悪い人、有害なサイトに接す

ることが増え、ときには人を傷つけることになることもあるかもしれませんが、それを理由に全面的に禁止すれば、有用な情報に接したり、世界の人々と交流したり友達になるチャンスをなくすことになるでしょう。正しく有用な使い方を学び、有害なものを有害だと認識する訓練や教育が必要なのです。それらからいくら隔離したとしても、いずれ接することになります。そのときに、有効な使い方を知っているのと知らないのでは、大きな差になります。早くからその使い方を学び、情報の真偽を判断する力を身に付け活用できることが重要ではないでしょうか？　それが、保護者や教育機関、社会に求められることだと思います。

　パソコンやスマホなどは、情報ツールやコミュニケーションツールとして強力なものです。道具として活用する力をできるだけ早く身に付けていくことをお勧めします。

　とくにシニアの中では、パソコンなどの道具を活用できる人とできない人に2極分化している傾向にあります。いわゆるDigital Devide（情報格差）といわれているものです。知らないなら知らないで済むと言ってしまえばそれまでですが、楽しい生きがいのある人生を構築するためには、少しでも親しんで世界を広げていくことが重要ではないでしょうか？

変わるコミュニケーションの形
　近年、FacebookやTwitter、Instagram、LINEなどSNSと言われるものが普及していて、一瞬にして世界中とコミュニケーションが取れるようになっています。

オンラインで国境を越えて若者たちとコミュニケーション

　とくにFacebookは、その名のとおり、顔写真を出して、本名を名乗るのが原則ですが、それゆえに世界中に爆発的に普及したといえます。私も比較的早い時期に、海外からやってきた若者に教えてもらって、使っていますが、現在のあらゆる活動は、Facebookなしには考えられないほどになっています。

　また、新型コロナウイルスの感染拡大などで、仕事のやり方や社会システムそのものに大きな変革が起こりつつあります。テレワークやオンラインミーティングといったものがその代表的なものです。

　ZoomやMicrosoft Teamsといったウェブ会議ツールは、家庭にいながらにして、100人を超えるような国際会議やオンライ

ン授業、プレゼンテーションによるセミナー、相手のパソコンの
画面を見ながら操作してのパソコン教室、オンライン飲み会など
を可能にしています。

　これらは、仕事だけにとどまらず、日常生活にも大きな変化を
もたらしています。在宅勤務により、通勤時間が節約され、働き
方改革が加速される一方、住まいの構造や家庭での役割分担、人
間関係にまで影響が及んでいます。

　これから、どういったものが普及するのかにアンテナを張って、
時代の流れに乗ることも重要かもしれません。

趣味の引き出し

コミュニケーションに必要なこと

　あなたの目の前にたくさんの人がいます。あなたはどうしますか？　とくに何もしなければ、コミュニケーションは始まりません。でもちょっと気になる人がいたら声をかけるかもしれませんね！

　コミュニケーションの始まりは、ちょっと気になる人がいること、その人に興味を示すという「好奇心」が必要なのです。しかし、興味を示しただけでもコミュニケーションは始まりません。「こんにちは！」などと声をかけるという「積極性」が求められます。しかし相手がそれに応えないと会話は始まりません。ぶすっとした顔では「何？この人」と思われて無視されるかもしれません。「笑顔」で声をかけることによってはじめて相手は安心して応えてくれるでしょう。そこではじめてコミュニケーションが成立するのです。

　つまり、コミュニケーションに必要なことは、「好奇心」「積極性」「笑顔」の3つです。

一言でいえば「興味を示し、笑顔で話しかける」ということです。

言葉より大事なもの

しかし相手が言葉を理解していないと、ニコッとされるだけで会話は続きません。そこで必要となるのが英語などの「言葉」です。

ところが、たとえ英語が話せたとしても、コミュニケーションが続けられません。コミュニケーションを続けようとすると「言葉」に加えて、もっと必要なものがあることに気づきます。それは、話す内容「共通の話題」なのです。例を挙げると、

趣味のこと（スポーツ、音楽、絵、アニメ、踊り……）

自分のこと（生い立ち、家族、住んでいる街……）

相手のこと（生い立ち、家族、住んでいる国や街……）

日本のこと（文化、歴史、四季、折り紙、生け花、茶道……）

仕事のこと

友達のこと

尊敬する人　などなど

海外に行って気づくのは、「日本人なのにあまり日本のことを知らないなぁ」ということと、自分の趣味の貧しさです。

あなたは、どんな趣味を持ってますか？

日本人には「私には、趣味が何もない……」と思っている人が多く見かけられます。しかし、そんなことはあり得ません。何かしら趣味はあるものです。自分自身で気づいてないことも多いの

です。

　あなたが、最も時間を費やしているものが何かを考えてみてください。あるいは楽しいと思っていること、ストレス発散にやっていること、などを考えるとあなたの趣味が見えてきます。

趣味とはこだわりを持ってやっていること

　1985年にオーストラリアに出張していたとき、日本人の友達と一緒に、オーストラリア人の仕事仲間と、お茶を飲みながら雑談をしていたときのことです。趣味の話になって、横にいた友達が「趣味は何ですか？」と尋ねられました。友達は、「テニスです」と答えました。すると、そのオーストラリア人から、「テニスは趣味じゃないよ、スポーツだよ！」と言われました。

　よくよく話を聞くと、要するに、「誰でもがやっているようなことは趣味とはいわない」ということでした。

　趣味とは、その人なりの「あるこだわりを持ってやっていること」なのでしょう。となると、本当に趣味を持っている人というのは、少なくなるかもしれません。

　趣味は、たくさん持っていたほうが、より楽しい人生を送れるのですが、ただ、「ゴルフ」「水泳」「写真」「園芸」など誰でもやっているようなことは、本当の趣味とは、言えないのかもしれません。

　それぞれにあるテーマでこだわりを持ってやっている趣味こそ、本当の趣味であり、本当に人生を楽しく、豊かにするものだと言えるのかもしれません。

まずは何かを始めることが大事です。

趣味は、個性をかたちづくり、人とのコミュニケーションのツールの重要な部分を占めており、人生を生きがいあるものにしてくれます。

中学時代からの趣味・カメラ

私の趣味の一つは、写真です。いとこがカメラを父にプレゼントし、それで撮った写真を、お座敷を暗くして写真の現像や引き伸ばしをしていたのを見ていてその影響を受けました。

中学生のとき、そのカメラで家族などを被写体に写真を撮ったのがその始まりで、この写真の趣味だったら、いくつになっても続けられるなと思って一生続けようと思ったのを思い出します。それを知ってか、伯母が高校の入学のお祝いにと、当時珍しかった一眼レフカメラをプレゼントしてくれたことで、ますます趣味としての面白さを感じるようになりました。

大学に入って、写真部の部長になり、ますます写真に熱中しました。その後、2台目のカメラも購入。大学の卒業アルバムは、印刷ではなく、本物の写真を使って作ろうと、卒業式前夜は、ほとんど徹夜で写真の焼き付けをして間に合わせたのを思い出します。

会社に就職して2年後の1970年、自宅の半分を改造したときに、暗室をつくり自宅で写真の現像、焼き付けができるようにしました。また、居間にスライドを投影するスクリーンも設置しました。

このように就職してからも写真を趣味として続けていましたが、あるとき、会社で特別プロジェクトが企画され、メンバーの人選があったとき、「君は、写真が趣味だったな」ということで、そのプロジェクトのメンバーに選ばれました。

　その商品の展示説明をするため、はじめての米国出張を命じられました。もし写真をやってなかったら、プロジェクトにも参画できなかっただろうし、米国出張もなかったでしょう。写真をやっていてよかったとつくづく思いました。まさに「芸（趣味）は身を助く」ものだと思ったものです。

　定年になってからも、もちろん写真の趣味を続け、念願の個展も開催できました。

ハーモニカ──音楽でコミュニケーション

　私の趣味のもう一つは、ハーモニカです。

　小学校のとき、音楽の時間にハーモニカを習いました。好きになり、ときどき吹いていました。中学校や高校のピクニックやバスハイクなどでも持って行って、バスの中や、現地で演奏しました。みんなが喜んでくれるから、自分自身も嬉しかったのを記憶しています。

　山に行ったときも、山に登りながら演奏しました。「吹きながら登るのは大変ね！」とよく言われましたが、テンポよく足を運べるので、調子よく登れ、あまり疲れませんでした。ただ、夜のキャンプファイヤーでフォークダンスの曲を演奏することになり、フォークダンスの輪に入れず女の子と一緒に踊れなかったのは

ちょっと残念でした。

　定年後は、ハーモニカだけでなく、オカリナも加えて、介護施設や病院、各種パーティーなど、いろんなところで演奏して楽しんでいます。

　もちろん、海外を訪問するときも、必ず持っていきます。国歌や現地の民謡などを覚えていって演奏すると、喜ばれるし、それがきっかけで友達もたくさんでき、まさにコミュニケーションツールになっています。

　このように、音楽を通して出会った人は、数限りなく、一緒に楽しめるし、音楽に国境はないことを実感しています。

　いまや、マイナーな楽器になって、学校でも教えなくなったハーモニカですが、こんなに小さく、電気もいらず持ち運びに便利な楽器なので、ぜひまた学校に復活させて欲しいと思っています。このハーモニカの趣味も、続けていてよかったと心より思っています。

趣味の幅を広げよう

　三つ目の趣味は、パソコンです。

　1980年代に趣味として取り組んだパソコンは、幸いにも、パソコンの解析本を出版するという機会にめぐまれました。また会社のパソコンの選定委員にも任命され、採用するパソコンの機種選定にも携わりました。パソコンに親しんだおかげで、キーボードアレルギーもなく、その後、会社内でパソコンが当たり前になっても何も苦労することなく業務を遂行することができまし

た。そして、タブレット端末やスマートフォンもまたメールやインターネット、FacebookなどのSNSにもいち早く出会うことができ、仕事だけでなくプライベートでも便利この上ないコミュニケーションツールになっています。

　このほかにも、いくつもの趣味を楽しんでいますが、趣味の引き出しは、多ければ多いほど、人との交流において話題に事欠かないし、より交流を深めるコミュニケーション手段として非常に有効です。また、趣味に没頭しているときは、ほかのことを忘れるので、ストレス解消にもなります。続ければ、役に立つし、生きがいにもなります。

　「下手の横好き」でも「暇つぶし」でも何でもいいので、気軽に何でもやってみましょう！　趣味の幅を広げることで、友達も増えて、楽しい人生になることは間違いありません。

遊びの中に学びがある

「遊んでばかりいないで少しは勉強しなさい！」という言葉をとくにお母さんがこどもに言っているのをよく耳にします。しかし、「遊び」の中に、たくさんの「学び」あることに気づいていないのではないでしょうか？

「遊び」ながら「学ぶ」これが私の理想とするところです。

例えば、魚釣りをとっても、魚の生態、糸の張力、竿の材質、川や海の環境問題などなど、そこには「学び」の材料がたくさんあります。

好きなことをして「遊ぶ」ので、「学ぶ」ことも楽しいし、楽しければ「学び」も早いし継続できます。そこに「好奇心」が生まれ「やる気」も醸成されます。技術や知識も知らず知らずのうちに向上すると思います。

「好きこそものの上手なれ」ということわざがありますが、まさにこのことだと思います。

おおいに遊び学びましょう！

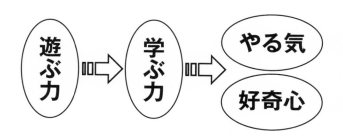

ここで、レクレーションという言葉を考えてみましょう。

　レクレーションというと、思い浮かべるのは、みんなでどこかに遊びにいったり、ゲームをしたりといったことです。

　レクレーションを英語で書くと、recreation、分解すると re-creation すなわち「再創造」ということになります。つまり、レクレーションとは、次なる創造を生み出すための活動ということになります。いやそうあるべきなのです。レクレーションなくして、クリエーション「創造」は生まれにくいのです。

　「よく遊び、よく学べ」とは、このことを言っているのだと思います。遊びがないと学びもないと言ってもいいでしょう。楽しく遊ぶ、すなわち人生を楽しむことによりいろんなことを学び、「生きがい」が創造できるというのが私の考えていることです。

夢を持つと力が湧いてくる

経済大国の弊害

　周囲を海に囲まれた島国日本は、特異な発展をしてきました。その結果、世界に類を見ないような均質で質の高い勤勉な国民性を育み、1980年代には、世界の経済大国といわれるまでになりました。

　「エレクトロニクスの米」といわれる半導体をはじめ、世界のトップレベルの商品が数多く生み出され、世界の市場は日本製品であふれ、『ジャパン・アズ・ナンバーワン』という本まで出たくらいです。一方、貿易摩擦を引き起こすまでになり、ジャパンバッシング（日本叩き）が各地で目立ちました。しかし、長い目で見たら、日本は多くの国から愛される国であることは間違いありません。

　一方、教育の現場では、小学校からの塾通いに始まり、高校入試、センター試験と大学入試など、偏差値教育がまかり通り、ますます均質で、画一的な日本人の量産体制が整っていきました。その流れ作業の中では、ゆとりがなく、ベルトコンベアーに自分の身をまかせるしかなく、結果として、人から指図を受けないと行動できない、自立性に乏しい受動的な人間が多いといわれています。

　そういう環境では、本来その人が持つ才能や個性が十分に発揮されず、いわゆる創造性あふれる活動は期待されないように思い

ます。

　家庭内では、偏差値の高い大学を親が期待し、学校の評価が、どういう学校へ何人が進学したかで決まる現状にあっては、最大公約数的な現在の教育環境になるのも、いたしかたないような気もします。

　しかしながら、このままでいいのか？という疑問が湧いてきます。日本が、真に世界の人々から、より愛される国となるためには、私たち一人一人が、より豊かな心を持ち、創造性あふれる知力で、世界に貢献することではないかと思います。言い換えれば、ハードウエアだけでなく広い意味でのソフトウエアによる貢献が必要です。

夢を持つことの意義

　以前3年ほど東京で仕事をする機会があって、単身赴任を経験しました。ある人が、東京のことを「東京ジパング」と言ったのを聞いたことがありますが、まさに私のように田舎生まれの田舎育ちにとって東京は別世界で、いわゆる（私の）常識が通用しないところだと感じました。ビルの谷間にうごめく人の渦、通勤電車の殺人的ラッシュ。そのとき思ったのが、「東京は仕事するところではあっても生活するところではないな！」ということでした。多くの人々は、「夢も希望もない」という状況ではなかったかと思います。そういう中にあって、夢を持つことの意義について考えさせられました。

　魅力のある理想の会社とは、経営者が夢を語り、会社のあるべ

き姿を従業員に語り、夢を共有し、会社一丸となって目標に向かって挑戦を続ける会社だといえます。そんな会社では、従業員も希望とやりがいを持って仕事に専念できるのではないかと思います。

　社会も同じです。一人一人がそれぞれの夢を持ち、目標に向かって行動し、いきいきとしていることが、理想の社会ではないかと思いました。

　夢を持つことにより、それを実現するための当面の具体的目標ができて、それに向かって行動する力が湧いてきます。日常生活のすべての活動が、夢の実現のためだと関連づけると、一つ一つの行動に勇気と希望が出てきてやりがいを感じるようになるのです。そこで必要になってくるのが、やる気、モチベーションを高めることです。人によってそれぞれ手段は違うかもしれませんが、私の場合は、異文化交流とボランティア活動による人との交流や視野の拡大が行動を加速する重要な要素となっているのです。

夢を持っていますか？

前ページのような図を頭の中に描いて、毎日わくわく、ドキド
キ、うきうきしているかどうかをチェックポイントに日々行動し
ています。小さな夢、大きな夢、夢の大きさを問わず、夢を持ち
続けることが生きがいのある人生を構築するために必要なことで
はないかと思います。

「さつきの冒険」

まず、次の短編を読んでみてください。

この短編は、私の娘が、中学生のころ書いたものです。

娘は、この短編に「さつきの冒険」というタイトルをつけました。

「あ―――。もう、退屈」
　これが、この頃の私の言葉です。
「つまんない、つまんない、つまんなあい！」
　足元の石ころをポンッとける。
　火曜日の放課後。
「…………さっちゃんさぁ。『つまんない。』を連発したって、何も起こんないんだから」
「それくらいわかってるわよ。でも……」
「でも？」
「ひまだから」
「それ、答えになっていないんじゃない？」
　私、谷村さつき。中学二年。
　毎日、同じ朝がきて。
「今日もいつもと同じかぁ」
　そう思いながら、いつもと同じ日を過ごす。
　なんか、毎日が面白くないんだ。
「さっちゃん。そんなにひまなら、私の分の勉強もしてくれる？」
「……やめとく」
　あ―――。もうやだ。
　なんか、思いっきり騒いでみたい！
「美代子はさ、ひまじゃない？」
「ううん、べつに」

「何してるの？」
「笑わない？」
「笑わない、笑わない」
「あの……ね。妖精を呼んでるの」
「妖精を呼ぶ————？」
　ヨ・ウ・セ・イ？
　プッ。アハハハハ。
「あ———。笑った————」
　ふくれっ面の美代子。
「ごめん、ごめん」
　笑ったの、美代子に悪いけど。
　でも、何もできない私より、すごいよね。
「馬鹿にしてない？」
「してないよぉ。で？　どうすればいいの？」
　この話、のってみようかな、って考える。
「いろいろ妖精っているけどさぁ。さっちゃんなら、風の妖精を呼ぶ
のがいいかな？　えっとね……」
　美代子、私の返事も聞かずに、風の精霊ジュルフェの呼び方を教え
てくれた。
「でもさ、本当に会えるの？」
「ううん。人間には姿が見えないの。でも、心がフワッてするから、
来たってわかるよ。その気持ちが、また、すてきなんだ」
「本当にいるの？」
「いる！　人間がさ、いないって思うと同時に一人の妖精が消えてる
んだ。少しでも、妖精を信じる人がいれば、妖精はいるよ。さっちゃ
んも、信じていてね」
　そう言う美代子の目は、いつもと違う、不思議な目をしていた。

「さつき！　そんな所でごろごろしてないで、勉強でもしたら？」
「だって、終わったもん」
　やっぱり、今日も退屈です。

「そうだ！」
　美代子に聞いた、風の精霊を呼んでみよう！
　私は、美代子に言われた通り、赤、青、黄色の三色のたんざくを用意した。そのたんざくに、ジュルフェ、と書き込んだ。この方法は、どの妖精にも通用するんだって。でも、美代子は、ジュルフェ、って教えてくれたから。
　三枚のたんざくを、窓の外に出した。
　そして。
　しばらくすると…………。
　フワッ。
　え？
　妖精？
「ふふ。こんばんは、さつきさん」
　手のひらに乗るぐらいの女の子が、目の前に浮いていた。
「私が、風の精霊ジュルフェよ」
　美代子、妖精は見えないって言ってたのに……。しっかり、見えてるじゃない。
　でも…………、なんか……、すご————い。
「さつきさん。毎日が退屈なんでしょ？」
「どうしてそれを……？」
　あ、そっか。相手は妖精だもんね。
「あのね。私ね、さつきさん、自分の素直な気持ちをおさえてるんじゃないかな、って思うの」
　私の素直な気持ち？
「それ、どういう意味？　どうしてそんなこと、わかるの？」
「えーとね、それはぁ、…………うーん…………あのねぇ……うーん」
　ジュルフェ、考え込んでしまっちゃった。
「う————ん。その話は後に回して…………。さつきさん。えーと、とにかく、明日からは、素敵な日を送ってね。」
　そう言うと、机に向かったままの私の目の前を離れて、頭を、…………一回……二回……三回、まわった。

そして。
　ニコッ。
　と笑って、私の耳もとで、何かを小さな声でささやいた。
『あなたの…………』
「？」
「なに？」
　ジュルフェに聞き返すと、そこには、もう、誰もいなかった。
　真っ白。
　ふと、そう思った。その言葉通りの真っ白。
『白、白、白』
　たくさんの白を集めた世界。
　そう、頭の中が真っ白なんだ。
　なにもかもが。
　頭の中から抜けでたように。
　私は…………その世界に入っていった。

　リ、リリリン、リ、リリリン
　聞き慣れた音。
　あ、いつも七時にセットしている目覚しの音だ。
「？」
　私、いったい……。
　あ。
　思いだしたような…………。
　確か、風の精ジュルフェを呼んだんだ。それから……。
　何があったんだろう……。それからが覚えてない。ただ、不思議な
気持ちになったような感じが残ってる。
　私、机にうつ伏せになったまま寝てたんだ————。
　いつものように、体を起こしてから、窓際に立った。いつものよう
に、カーテンを開ける。
「！」
　一瞬、日の光と一緒に、数人の小さな女の子が見えた。あれは

…………光の妖精？

　いつものように、窓を開ける。

　気持ちがいい風が吹き抜ける。その時、だった。その声が聞こえたのは。いつもと同じセリフを言ってるときだった。

「あーあ。今日もいつもと同じ日か」

　と、言ったとき。

『いい気持ち。今日もいいことあるといいな』

　と言う声が聞こえた。

「誰？」

　周りを見ても、誰もいないし。

　うーん。よく考えてみれば、さっきの声、私の声に似てたみたいだけど……。

　昨日の夜、妖精を呼んだまま寝てたから、考えすぎかな？

　鏡の前で、身だしなみチェック。

　いつもなら、これだけ。

　でも、私ったらいきなり鏡の前で、

　ニコッ。

　なんて、ほほえんじゃって。

『女の子は、笑顔が一番！』

　って、さっきの声が、聞こえたの。

　今日の私、絶対へん。

「おっはよ―――。さっちゃん」

　校門で、美代子にバッタリ。

「おはよ、美代子」

　はっ。

　急いで口に手をあてる。

　私ったら、『おはよ』って言いながら、首をかしげて笑ってたの。

「さっちゃ―――ん。どうしたの？…………まさか、妖精呼んだんじゃない？」

「どうして…………」

「さっちゃんって、正直なんだから。いきなり、ニコッとくるんだもん、それくらいわかるわよ」
　私は、美代子に、朝からのことをみんな話した。
　いつもと同じ、朝なのに、いつもと違う、気がすること。
「妖精の、魔法だよ」
　美代子はニコニコ顔で言った。
「そ……かな……」
「そうに、決まってる！」
　私は、今日一日、いつもと違うことを用心深く考えながら、過ごすことにしたんだ。

「お疲れさま————————」
「さよなら————————」
　放課後のクラブ。
　私はテニス部、なんだよね。
　クラブが終わると、校門に行く。いつも、美代子と待ち合わせなんだ。美代子は手芸部だから。
「さっちゃ————ん」
　？　美代子かな？
　って思いながら振り返ると、そこには美代子じゃなくて、クラスの友達がいた。
「美代子からの伝言。はい」
　二つに折られた白い紙を受け取る。
「じゃあね。ちゃんと渡したからー。バイバーイ」
　元気に叫ぶ友達に、軽く手を振って、紙を開く。

```
ごめん！
　急用があって、待ってられないから。
　先に帰るね。
　　　　　　　　　　　　　　　美代子
```

急用で先に帰る、か。

そうだよね。今日のクラブ、長引いちゃったもん。

ま、いっか。今日のこと、いろいろ振り返ってみたいし。

私は、校門を出て、歩き出した。

まず。

朝、教室にはいると、仲が悪い友達と目があっちゃった。とっさに、

『仲、悪くても、ずっと話してたら、仲良しになるよ。友達って多いほうがいいしね』

って思って、その子に、美代子にしたみたいに、にっこり笑いながら、

「おはよっ！」

って言っちゃった。

あっさり、無視されちゃったけど。

いつもなら、

『なに————。あの子、感じ悪い』

って、怒るんだけど。

『まだ、慣れてないから、仕方ないよね』

だったことには、もう、びっくり。

そして、三時限目の生物の時間。

前の日に実験したことをレポートにまとめて提出しないといけなかったんだよね。私、それ嫌いだけど、なぜか、

『たまには、真面目にやってみようかな』

って思ってね、それもおもしろいだろうって、真面目にレポート書きに取りくんだんだ。

提出したら、先生、

「谷村、頑張ってまとめたな」

ってほめてくれたんだ。ほめられるって、こんなにうれしいものなんだ、なんて思っちゃった。

まだまだ、いろいろあった。どれもこれも楽しくって、今日一日、つまんないって一度も思わなかったよ。

なぜだろうって、不思議になっちゃう。

カチャ。
「ただいま────」
　家のドアを開ける。
　ん？
　見慣れない靴がある。
　あ、父さんのだ。父さんの靴が見慣れないって、娘として、いけないかも知れないけど、父さんって、朝早く家を出て、夜遅く帰ってくるんだもん。靴なんて、めったに見ないよ。
「どうしたの？」
　居間には、母さんと父さん。そして弟の裕二がいた。
「あ、さつき。ちょうどいいとこに帰ってきた。ちょっと、ここに座って」
　父さんに言われるままに、椅子に座る。
「実はな、父さんの会社が新しい支店を出すことになったんだ。そして、そこの店長に父さんが選ばれたんだ。ここからじゃ、通いにくいから、転勤することになった」
　て・ん・き・ん？
「転勤」って、ちょっと、それって、急ぎすぎるよ！
「僕、父さんの会社のためなら、仕方ないと思う」
　と裕二。
「さつきもいいでしょ？」
　みんなの言葉に、うなずかずには、いられなかった。

「………だから……仕方ないんだ。美代子………お別れだね」
　転校を明日に迎えた今日。美代子の家で別れを告げる。
　ニコッ。
　目に涙が溜まってたのは、知ってるけど。楽しくなんかないこと、わかってたのに。なぜか、笑ってた。
「さっちゃん。転校、うれしい？」
「うれしいわけないよ」
「じゃあ、なんで笑うの？」

154

「…………」

「さっちゃん。泣きたいときは、思いっきし泣いてみなよ」

　そう言って、美代子は、私の頬に手をあてた。

　すると、私にかけられた魔法が解けるように、顔がゆるんで、泣きだしていたんだ。

「さっちゃん…………」

　美代子……ごめん。

　今は、こうやって泣きながら、涙と一緒に、悲しいことみんな流したかったんだ。

「どう？　気分は」

「本当にごめん。美代子」

「いいって、いいって」

　私が泣き出してから三十分。ようやく、心も落ち着いたみたい。

「さっちゃん。泣きたいときは、思いっきし泣くに限る！　で、そのぶん、楽しいときには笑う！……ね？」

「うん」

「私ね、さっちゃん見てて思ったんだけど、さっちゃん、『つまんない』って言って、自分の気持ちを抑えつけてたんじゃないかな？　今まで」

「自分の気持ちを押さえつける……？」

「うん。『つまんない』って一度思ったら、それで通しちゃってるの。本当のさっちゃんが、『楽しい』って思う前に、どうせつまんないよ、って、抑えつけちゃってるの」

「そう……かな」

「うん。素直な気持ちで生活してみたら？　一生、つまんないで過ごすより、絶対にいいよ」

「ありがと」

「えへ。お別れなんだけど、これくらいしかできなくて、ごめんね」

　そう言って、今まで笑っていた美代子は、悲しい顔を見せた。

「ううん。最高にいい、言葉のプレゼントだったよ」

私は、美代子との別れは悲しかったけど、美代子からのプレゼント
が、うれしかったから、
　　ニコッ。
　　素直に笑うことができた。
「じゃあね」
　　美代子の顔を見つめて、忘れないほど目にうつすと、美代子と別れた。

「おっはよ────！　さっちゃん」
「おはよ、美紀」
　　転校して、一ヶ月が過ぎた。
　　あっという間だったけど、こっちでも、美紀という親友ができた。
　　毎日が楽しくて、美代子に感謝する今日この頃。
　　一日一日が違っていて、まるで冒険みたいだな、って思った。かわ
りない一日かもしれないけど、こうやって生きている内に、いろんな
体験したいって思うと、心がはずんでくるの。今、この時も、私にとっ
ては冒険みたいなものなの。
　　そして、今、思うんだ。
　　私に、生きる中での大切さ、素直な気持ちでいることを教えてくれ
た美代子と風の精ジュルフェ。
　　美代子は、その風の精ジュルフェだったんじゃないか……って。

　　　　　　　　　　　　　　　　　　　「さつきの冒険」（完）

　　多感な中学生のとき、自分の心の変化を率直に表現したもので
しょうが、皆さんは、何を感じられましたか？
「つまんない毎日」を送っていた主人公が、夢で妖精に出会うと
いうきっかけで、翌日から「楽しい毎日」を送るようになったと
いう物語です。

156

　よく考えてみると、変わったのは、主人公の心のうちだけで、周りは何も変わっていないのです。つまり、「心の持ちようで、つまらなくもなるし、楽しくもなる」ということを娘は体験したのだろうと思います。

　「幸せか不幸せかは、自分が決めるもの」と言った人がいますが、まさにそのとおりです。

　不平不満ばかり言いながら人生を過ごすのと、楽しく前向きに生きるのでは、おおきな違いとなります。どちらがいいかは、言うまでもありません。

　不平不満を言っている人は、それを聞いている人をも不快に感じさせていることに気づいて欲しいのです。楽しく前向きに生きている人は、周りの人を元気にさせる力を持っていると思います。

　「笑う門には福来たる」と言いますが、本当に笑顔を絶やさず、自分に率直に生きていけば、人が集まって来るし、自然と楽しい生きがいのある人生となることを実感できると思います。

　要は、「心の持ちよう」なのです。

人生を楽しくする
三つの心

ストレスと健康

　文明が発達したこの世の中は、一方でストレスを抱え悩んでいる人が多くなっているストレス社会だといえます。ストレスは、多かれ少なかれ、ほとんどの人が持っているといってもいいでしょう。ストレスは、身体的にも精神的にも人を蝕んでいきます。バリバリ企業戦士として仕事していた人が、定年になると、途端に「何もすることがない！」となって、その心を酒で紛らわし、アルコール中毒となり、ひどいときには、自らを死に追いやるという話も聞きます。

　タレントで一世を風靡していたひとが、ちょっと人気が陰ったことで、精神的に追い込まれ、麻薬に手を染めたりして、身を崩していく人も数多く見てきました。

　つまり「生きがいをなくす」＝「健康を損ねる」なのです。

　ほとんどの病気は、ストレスに起因しているといっても過言ではありません。したがって、ストレスをなくすことは、病気をなくすことにつながると言えます。世の中に対して不平不満を持ち続けている人は、早死にすることが多いという例も見てきました。

　ストレスはどういうときに生じるのかをFacebookで、みんなからアンケートを取ってみました。その意見を大まかに分類すると、①環境や仕事、②対人関係、③自分自身の三つになりました。

　回答内容をまとめてみました。

①環境や仕事

- やることが山積みで、思うように仕事が進まないとき
- 仕事がさばけないとき、手詰まりなとき
- やりたいことができないとき
- いますぐする気になれないものが溜まっているとき
- 理不尽な仕事を指示されたり、不本意な仕事をしているとき
- 先が読めなかったり、自由に動けないとき
- 周りのみんながピリピリしているとき
- 周りの人やいろんなものに縛られているとき
- 渋滞や満員電車にはまっているとき
- お金が視野に入っているとき

②対人関係

- 自分の意見を押し付け、人の意見を聞かない人と話しているとき
- 自分の考えが、周りの人に理解されないとき、伝わらないとき
- 自分の思いどおりにならないとき
- 自分の力ではどうにもならないとき
- 自分の言いたいことが、誤解されているとき
- 期待する友が、逆の振る舞いをするとき
- 忙しいと言いながらテレビを見てサボっている人がいるとき
- プレッシャーをかけられ、マイペースを乱されているとき
- 態度が悪い人、キツイ言葉で注意する人などと接しているとき

③自分自身

・暇なとき、自分の時間が上手に使えないとき

・長時間眠れないとき

・緊張しておなかをこわすなど、体調不良のとき

・周りに迷惑をかけていると自覚しているとき

・自分の意見を、受け入れられないだろうと誰にも話せないとき

・英語でのコミュニケーションなど、自分の能力が足りないと思っているとき

・結果が、想像とは違うものになったとき

・現在の自分に不信感を抱いたとき

・自分をよく見せようと演じているとき

　人と意見が食い違うとき、自分が正しいという思いが強い人ほどストレスを持ちやすいようです。自分のものさしで、相手（個人や社会）を計ろうとし、その範囲を超えているとき、その違いを受け入れられずイライラしてストレスを感じるのです。

　視野が狭いと、視野の外、つまり想定外のことがストレスとなります。

視野を広げるとストレスがなくなります。

視野を広げる

　つまり、積極的に外に出て、たくさんの人と出会い、自分自身の視野を広げれば、多様な個性や文化に寛容になり、ストレスがなくなるのを体感できるでしょう。ストレスがなくなるということは、病気をすることが少なくなるということなのです。健康を維持するために、視野を広げましょう！

　中学時代、深夜のラジオ放送で「心のともしび」という番組がありました。その中の言葉に
「暗いと不平を言うよりも進んで灯りをつけましょう！」
と言うのがありました。私は、その言葉から「暗いから、誰か電気をつけてくれないかなぁ」と思ってイライラするより、自分から進んで灯りをつけたらイライラすることもないと理解しました。つまり誰かに期待するのではなく、自ら行動することが大事だと感じました。

　私の場合、視野を広げる手段として、異文化交流やボランティア活動を積極的に楽しくやっていますが、ストレスがなくなることを実感しています。海外に出かけて視野を広げれば、さらにその効果は大きくなるでしょう。

　あるとき、私のゲストハウスで、インドネシアのバリダンスを

するグループや歌が上手なインドの友達、民族舞踊が得意なスリランカの人、日本人のパラグアイのアルパ（ハープ）奏者などに来てもらってミニ音楽祭をしました。みんなに好評だったので、翌年から大きなホールでチャリティ世界音楽祭と銘打って開催し、その後10年以上続けました。

　そんな中で、外国人に出演約束をしていたところ、当日その時間になっても現れません。本人に電話したところ、「今日は、こどもの運動会なので出演できません」というのです。普通だったら、「出演できなくなりました」と前もって電話するのが当たり前だと思うのですが、いきなりのキャンセルで怒り心頭に発し、ストレスも感じました。ところが、時間に遅れたり、予告なしのキャンセルがたびたびあり、最後にはそういうことがあっても当たり前と思うようになりました。日本の常識が通用しないことを理解したのです。その国、その人はそうなのかと思うと、腹も立たなくなり、そのことがストレスにもならなくなりました。

　いろんな経験をし、それぞれのお国柄、その国の事情を知ることで何となく理解できるようになるものです。視野を広げることはもちろんのこと、考え方を柔軟にすることで寛容性が備わってきます。

　世界の常識を知ることはストレスを軽減することになりますが、もちろん日本の常識を伝えることも忘れてはなりません。

自分を演じる

　あるとき、幼少期をアメリカで過ごしたという若い女性に出会いました。彼女は、「なぜだかわからないけど、何となく疲れているのです」と言うのです。イベントの最中でしたが、控室で数時間にわたっていろいろ打ち明け話を聞きました。

　そこで、私が気づいたことは、慣れない海外生活では、母親は、幼いこどもを連れて思うように外に出ることができないし、友達も少ないので、親子でいる時間が長くなり、こども心に親に叱られたくない、親と仲良くしていたいと、親に気を使っていい子でありたいと思って振る舞っていたのではないかということでした。日本に帰ってきて、成長したいまでもその意識が抜けずに、いい子を演じ続けていて、疲れているのではと思ったのです。

　考えると、自分を演じている例はほかにもたくさんあり、自分をかっこよく見せたい、人にいい人と思われたい、上司にいい評価をしてもらいたい、仲間外れにされないように皆と同じように振る舞いたいなどと、自分の本心とは違う行動をしている人々が、とくに日本という協調性を重んじる閉鎖的な社会では、数多く見受けられるような気がします。これは、会社の職場や学校の教室などという閉ざされた空間でも同じような現象が起きているように思います。そうしないと、仲間はずれにされたり、いじめにあったりするからです。

　つまり、自分を演じている人々がいかに多いかということです。

海外では、個人主義が強く、Going my wayの人々が多いのですが、日本国内では、自分の仕事が終わってもほかの人たちが残業していると先に帰りづらいといった風潮もあります。

　確かに、自分を演じれば、多くの人から好かれその評価はいいかもしれません。一方自分の思いのままに行動すれば、多数の人の賛同は得にくいかもしれません。しかし、そのことを評価してくれる人は、少なからず1人や2人はいるはずです。

　つまり、ほかの人の目をあまり気にせずに、自分の信念のもとに、「自分に素直」に行動することが重要なのではないかと思います。簡単なことですが、周囲を気にしてなかなか実行できないのが現実です。しかしながら、そうすることによって、無駄な気をつかうことなく、疲れることもなく、あとで後悔することもないのです。

「自分のことを評価するのは、他人ではなく、自分自身」

「幸せかどうかは、人が判断するものではなく、自分が判断する」

「心豊かであるかどうかは、他人ではなく、自分で思うもの」

　ビートルズの歌に「Let It Be」というのがありますが、この意味は、「ほうっておいてください、あるがままに生きます！」ということではないでしょうか。

　また、ディズニーのアニメ映画「アナと雪の女王」の主題歌にも「Let It Go 〜ありのままで〜」というのがあります。直訳は「それを手放してください」と出てきますが、これも「ありのままに生きます」ということだと思います。この二つの言葉は、ま

さに、人の生き方を示唆しているものではないでしょうか。

　さぁ、今日から自分を演じるのをやめましょう！　そして、自分に素直に生きましょう。

「Let It Be！」

「Let It Go！」

　しがらみのない自由な楽しい生きがいのある人生が待っています！

　先の女性とは、その後、仲良しのグループをつくって、一緒にパーティーをしたり、ピクニックに行ったり、積極的に外に出て、楽しい時間を過ごしました。そして、いまはカナダに留学し、人生を謳歌しています。私も、次に会える日を楽しみにしています。

左遷!?

　会社で採用を担当した時期がありますが、新入社員には、「入社後も皆さんの相談相手ですからいつでも話にきてください」といっていました。

　あるときのこと、ひとりの新入社員が、ちょっと暗い悲壮な顔をして私のところへやって来ました。「配属先が福岡本社でなくて地方事業部の海外営業部になって悩んでいる」と言うのです。福岡に住めるということで就職前に結婚した奥さんがいて、「もし大分配属になったら離婚されるかもしれない」と心配しているとも言います。本人は、福岡本社ではなく、地方に配属というのが「左遷」的な感覚だったのでしょう。

　私は、その新入社員に、「地方のデメリットを考えるより、メリットを考えよう！」と言って説得をしました。

　人というのは、「左遷」というと、すぐにデメリットを考えがちですがメリットを考えることのほうが重要だと思うのです。

　・本社の海外営業部だと数十名もいるし、いつ海外出張が巡って来るかわからないけど、地方だったら数名しかいないので、すぐにでも海外出張ができるかもしれない。

　・住むところも広くて安い住宅がたくさんある。

　・海が近いので、海産物が安くておいしいし海釣りなんかも楽しめる

など、考えれば、いろいろのメリットがあるでしょう？と説得し

ました。

　左遷であろうが、栄転であろうが、いろんな経緯で、仕事が変わるということを、前向きに考えていきましょう。仕事が変わるということは、新しいことが学べ、自分の仕事の幅を広げるチャンスになるし、新しい人たちと出会い、自分自身の成長につながるということを考えると、むしろ変化を積極的に受け入れるべきではないかと思います。

　どんなにいい環境であると思っていても、必ずいろいろな制約条件がついて回るものです。その制約条件の中で、いかにしたらよりよいものをつくり出せるかをしっかり考えれば、そこには、明るい未来が待っているのです。

　私自身も、開発から降ろされ、海外営業へといわば「左遷」させられた身ですが、いきなり海外出張に行くことができて、そこで経験したことが、その後の自分の生き方に大きく影響したのです。自分の人生を変えたといっても過言ではありません。

　仕事が変わり、人が変わり、環境が変わって経験することの多さに気づかされます。ずっと同じ仕事を続けたら楽かもしれませんが、「変化」することで得られるものの多さ、大きさも自分自身の成長に大きく寄与するのだということを知るべきです。

　左遷されたからといって、落ち込む必要はありません。それをプラスに考え、挑戦する気持ちを強く持って「変化に対応」していけば明るい未来が見えてきます。

　バブルのころ東京の本社から福岡支社へ転勤を命じられた人が数多くいましたが、福岡での生活が気に入って、本社から帰還命

令が出てもそれを拒否して会社を辞めた人のことをよく耳にしました。それは、「左遷」がその人にとってプラスであったことを証明したにほかなりません。

父権喪失

　近年、家庭における父親の影が薄くなっていると感じません
か？

　父親のこどもに対する威厳がなくなって、父親の説教も効果が
なくなっていませんか？

　それは、一例として、日ごろ、母親がこどもと一緒になって「お
父さんってダメね！」と何気なく言っていることに問題があるよ
うです。

　こどもが、反抗期になって、母親が手に負えなくなって、父親
に「何とかしてよ」と言っても、時すでに遅しです。こどもに
とって「父親」は、その威厳を失っていて、話を聞く相手ではな
くなっているのです。

　もう一つは、給与の銀行振り込みもその要因として挙げられる
かもしれません。以前は、給与は給料日に「現金」でいただいて
いました。帰りにケーキなどを買って帰り、こどもの前で、給料
袋を開けて、お小遣いをあげ、妻に給料袋をそのまま渡していた
人も多かったと思います。こどもたちは、「お父さんはしっかり
働いて、私たちを養ってくれていて偉いなぁ……」と心の中で
思っていたはずです。ところが、給与が銀行振り込みになると、
そういうシーンは見られなくなり、次第に父親の権威は損なわれ
ていったものと思われます。

　また、夫婦共働きが多くなって、母親の経済力がアップし自立

したこともその一因かもしれません。

　学校の先生に対しても、以前は、こどもは親から「ちゃんと先生の言うことを聞きなさい！」と諭されていました。

　その後、高度成長期のさなかでは、大学を卒業した優秀な学生は、こぞって大企業に就職し、先生などの公務員よりずっと給料が高かったのです。給料のいい大企業に入れない学生たちは、しかたがないから「先生にでもなるか……」「先生にしかなれないなぁ……」と言って、先生になっていきました。それで、そのころ先生になった人たちを「でもしか先生」と呼んだのです。先生は畏敬の念、尊敬の念を持って接する人たちではなくなったのです。保護者のほうが、高学歴で高収入のため、先生を見下している人が多く、「モンスターペアレンツ」といって、先生たちに理不尽な要求や苦情を繰り返す保護者まで出てくる始末です。そんな中では、こどもたちが親より先生を見下して、先生の言うことに耳を傾けなくなります。

　自分のこどもの教育を任せている学校ですから、先生の威厳を損なうようなことはやめて、ちゃんと先生を立てて、先生の言うことをちゃんと聞くように仕向けるのが親の役目ではないでしょうか？

　以前は、先生から怒られたり、叱られたり、叩かれたりしたことを親に報告すると、「お前が悪いからだろう！」と親からも叱られていました。親も先生に、自分のこどもが悪いことをしたらしっかり叱ってくださいとお願いしたものです。

　母親が父親の悪口を言ったり、先生に文句を言っている姿をこ

どもに見聞きさせること
とは、教育上いいもの
ではないと思います。

　スリランカのこども
の里親になりはじめて
スリランカを訪問した
ときのことですが、里
子は、私と顔を合わせ
るなりそばに近寄って
きて、足元に両手をつ
きひざまずいて挨拶を
しました。非常に新鮮
な驚きでした。

　こどもだけにとどま
らず、大人までが、お
坊さんの前でひざまず
いて挨拶するのです。

　さらに驚いたことに
は、ある家庭にホーム
ステイしたときのこと、
お父さんが朝仕事に出
かけるとき、こどもは
玄関まで行って、「いっ
てらっしゃい」とこれ

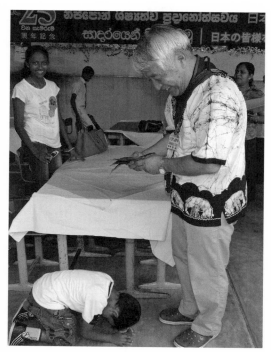
床にひざまずいて挨拶するこども

お坊さんになった自分の孫にひざまずいて挨拶す
るおばあさん

またひざまずいて挨拶していたのです。

　最近のことですが、あるお坊さんと一緒に旅をしていたとき、お坊さんが、「私の実家に寄りませんか？　私のおばあちゃんもいるから会って欲しい」と言うので、立ち寄りました。すると、おばあちゃんは、自分の孫であるお坊さんに、なんとひざまずいて挨拶するではありませんか！　私は、その光景に思わず感動し目を潤ませました。

　スリランカでは、お坊さん、先生、親に対して、敬う心がしっかり根付いていて、素晴らしい国だなとうらやましいくらいでした。昔の日本もこうだったのかもしれないとも思いました。

　叶わぬことかもしれませんが、日本のこどもたちも親や先生に対してこうあって欲しいと思いました。

音楽は世界の共通語

　私が、小学3年生のころ、学校の音楽の時間にハーモニカを習いました。ハーモニカの音色とどこにも持っていける便利さから好きになり、それ以来、ずっといまでも吹き続けています。

　「音楽」は、音を楽しむと書きます。まさにそのとおりで、とくにハーモニカの音色は、何か郷愁を誘うものがあります。そして心を癒やしてくれます。

　最近では、老人ホームや病院、学校や保育園などでも演奏する機会がよくあります。とくに老人ホームでは、昔懐かしい曲を演奏すると、涙を流す人もいます。

　幸か不幸か、私たちの小さいころは、日本でできた歌が少なく、小学校や中学校の音楽の教科書には、外国の曲が数多く載っていました。純粋な日本の曲と思っていたものが実は外国の民謡だったこともあります。そのため、いろんな国を訪れるとき、その国の歌を知っていることが多々あります。

　「庭の千草」（アイルランド）、「埴生の宿」（米国）、「静かな湖畔」（スイス）、「フニクリフニクラ」「サンタルチア」（イタリア）、「ちょうちょ」（スペイン）「蛍の光」「故郷の空」（スコットランド）、「おお牧場はみどり」（チェコ）、「霞か雲か」（ドイツ）、「きらきら星」（フランス）、「森へ行きましょう」（ポーランド）、「ともしび」（ロシア）、など挙げればきりがありません。

　これらを、その国の人の前で演奏すると、たちまち友達になれ

ます。そこで、海外を訪れるときは、できるだけ、その国の曲を覚えていくようにしています。

　スリランカを訪問したときのことですが、私が所属している教育里親の会の現地事務所がある首都スリジャヤワルダナプラコッテのお寺で日曜学校のこどもたち1000名以上を集めて、セレモニーが行われていました。一言挨拶をして欲しいということで短いスピーチをしたあと、覚えたてのスリランカ国歌を演奏しました。こどもたちは、一斉に「直立不動」の姿勢となり一緒に歌ってくれました。

　演奏を終わってステージを降りると、初老の紳士が近付いてきて、握手を求められました。「感動したよ！　世界広しと言えど、スリランカ国歌をハーモニカで演奏できるのは君ぐらいだよ！」と言って褒めてくれました。そして、「ぜひ、私の家に遊びに来て欲しい」と招待を受けました。早速、自宅を訪問すると、家族総出で歓待してくれました。

　家族みんなが、風琴やタブラの演奏、民俗舞踊が得意な音楽一家でした。楽しい時間を一緒に過ごした後、おみやげにたくさんのCDをいただきました。あとでわかったことですが、この紳士はスリランカでは、ラジオやテレビで活躍する有名なミュージシャンでした。本当にいい思い出ができました。

　アジア太平洋こども会議・イン福岡のミッションプロジェクトで訪問したインドネシアやブルネイ、パラオといった国では、こどもたちと一緒に国歌を歌い、カンボジアでは、みんなが知っている民謡「アラピア」という曲を歌ったりして大いに盛り上がり

ました。

　モンゴルに行ったときのことですが、現地の方から「この歌、知っていますか？　ロシアか日本から来た歌だと思うけど、モンゴルでは有名な歌ですよ」と歌ってくれた歌が、なんと日本の「鉄道唱歌」でした。

　また台湾を訪問したときのことですが、ホームステイ先の小学3年生の子が、「あした小学校に一緒に来てくれませんか？」と言うのです。「どうして？」って聞くと、「あなたのハーモニカをクラスのみんなに聞かせたい！」とのこと。「急にそんなことができるのかな？」と思いながらも、翌朝こどもと一緒に学校へ行き教室へ行くと、先生とともにクラスのみんなが待ち構えていました。みんなが知っていそうな曲を数曲演奏していると校長先生がやってきて、「いまから朝礼をするのでこどもたちの前で演奏してくれませんか？」と言うのです。急な要請にちょっと戸惑いながらも外に出てみると、校庭には、1000名以上のこどもた

台湾の小学校でハーモニカを演奏

ちが集まって私を待ち構えていました。みんなが知っているだろうと思われる「ドレミの歌」などを数曲演奏した後、横についていた先生に「こどもたちは、どんな歌を知っていますか？」と尋ねると、先生は「ドラえもんのうた」というのです。えっと思いながらも、「ドラえもんのうた」を演奏したところ、こどもたちは一緒に歌ったり、手拍子をしたりと大盛り上がりでした。一躍こどもたちの人気者になり、学校を後にするときは、皆が手を振って挨拶してくれました。ホームステイ先のこどもの発案でいい思い出ができました。

　2004年に、福岡のこどもたち11名とともに、バングラデシュを訪れました。みんなと遊園地に遊びに行ったときに、ホストファミリーの中のひとりの少女（当時16歳）と意気投合し一緒に遊具に乗ったりして仲良しになりました。帰国してからもSkypeやFacebookでの交流を続けていましたが、13年後の2017年に、結婚するので、来て欲しいとの要請がありました。

参列のために約2週間訪問することにしました。和服を着ることとハーモニカを持って行くことが条件でした。適当なホテルを紹介してくださいとお願いしたところ、なんと花嫁から「私の家にホームステイしてください！」との返事があり、その言葉に甘える

仲良しになったバングラデシュの16歳の少女

バングラデシュの少女の花
嫁姿

花嫁の家にホームステイ

ことにしました。

　家族同然の扱いをしていただき、親戚の方々も多数集まっておられる中で、大歓迎を受けました。そこで「これは、日本の結婚

バングラデシュの学校で子どもたちの手拍子に合わせて

式の歌ですよ」といってハーモニカで「てんとう虫のサンバ」を
演奏すると、みんなが踊りだし、大盛り上がりでした。サンバの
リズムが踊り好きなバングラデシュの人々の琴線に触れたのかも
しれません。

　台湾と同様「ドラえもんのうた」もみんな知っており、この2
曲を含めて滞在中何度となく演奏しました。訪問した学校でもこ
どもたちが一緒に手拍子を打って楽しんでくれて、本当に心に残
るバングラデシュ訪問となりました。

　このように小さいハーモニカ一つで交流ができ、「音楽に国境
はない」ということを実感しています。そして、ハーモニカを続
けていてよかったとしみじみ思います。何かしら音楽に親しむと
いうことは、情緒を豊かにさせてくれるし、世界中どこへ行って
も、言葉以上にコミュニケーション力を発揮してくれます。

オカリナとの出会い

あるとき佐賀の吉野ヶ里で、ライトアップされた遺跡をバックにオカリナ奏者、宗次郎のコンサートがありました。幻想的な雰囲気の中でのオカリナの音色は、強く印象に残りました。

そんなわけで、ハーモニカと同じように携帯に便利な楽器「オカリナ」にも興味を持っていました。

ずいぶん年月が経ったあるとき、友達から「オカリナのコンサートがあるらしいからから行ってみない？」と誘いがありました。「誘われたら行く」という信条のもと、行ってみることにしました。

博多駅近くのこじんまりした喫茶店に30人ほどが集まり、中年の女性のオカリナ奏者と青年のギター伴奏によるミニコンサートでした。

オカリナの音色は、素朴で、温かく、ギターの音色とよく調和していて、私の中にすんなりと入っていき、親しみを感じました。そして奏者には失礼ですが、飛びぬけて上手な演奏ではなく「これだったら、少し練習したら、自分にもできるかも……」と思ったのです。

はじめて購入したオカリナ

コンサートが終わって、一緒に行った友達が、「いまから、オカリナを買いに行かない？」というので、一緒に行くことにしました。閉店間際の楽器店に駆け込み、手軽な価格のオカリナを買い求め、その足で、近くの公園に行き、さっそく２人で吹いてみました。

　オカリナは、フルートなどと違って、ハーモニカなどと同じように、吹けば音が出るので、演奏は簡単だと感じました。どの指で、どこを押さえたらいいかということを覚えれば、割と簡単にメロディを奏でることができました。実際は奥が深く、本当の音色を感情を込めて出すのは相当に難しいことがあとでわかりました。

　その後、高校の同窓会で、ピアニストに出会い「オカリナをときどき吹いているけど、できれば基本を習いたいと思っているんだけど……」と言う話をしたら、「知り合いがオカリナ教えているよ」ということで、電話番号を教えてもらいました。その場で電話してみると、意外と近くで教室が開かれていることがわかり、数日後に見学に行って、その場で入会しました。数年間その教室に通ったおかげで、一応の演奏ができるようになり、いままでハーモニカのみの演奏をしていたところに、オカリナが加わり、より広がりのある演奏活動ができるようになりました。いまでは、海外に行くとき、ハーモニカとともにオカリナも持っていき、音楽交流を楽しんでいます。

　あのとき、友達が誘ってくれたおかげで、オカリナが身近なものになり、そのときのオカリナ奏者のおかげで、オカリナをやっ

てみようという気にさせてくれたことに感謝しています。
　ここでも「誘われたら行く」の大事さを感じました。

人生を共にした品々

　私が長年愛用してきた品々
を紹介します。

　まず、私の趣味の一つであ
るカメラです。中学時代から
父のカメラや伯母から高校入
学祝でいただいたカメラを
使って写真に親しんでいまし
たが、大学に入って写真部に
所属して活動を始めたら、先
輩からこのカメラはいいよと
高級カメラを勧められました。

　そのカメラが欲しくなり、
家庭教師のアルバイトでコツ
コツお金を貯め始めました。
しかし１年経っても約半分の
お金しか貯められませんでし

36年間愛用した一眼レフカメラ

今も現役のペーパーカッター

た。とうとう父にねだって半分助けてもらって、やっとの思いで
手に入れました。ときに1964年の東京オリンピックの年で、当
時の大学卒の給料の半年分ほどだったと思います。2000年にデ
ジタルカメラを使い始めるまで約36年間使い続けました。長年
愛用したカメラは処分する気にならず、いまでも本棚に保管して

います。

　同じ大学時代に、写真の仕上げのために、これも大枚をはたいて、金属製の裁断機（ペーパーカッター）を買いました。非常に丈夫なもので、一度も刃を研磨することもなく55年以上経った現在も毎日使っています。

　次に、大学に入ってすぐ買って、いまも使っているものに、ホッチキスと製図用の三角定規があります。両方ともに、大学名と学籍番号を自分で刻んでいて年代を感じます。

55年以上愛用のホッチキス

　とくにホッチキスは、いまでは100円ショップで売っているような、たかがホッチキスといいたいようなものですが、その耐久性にただただ感服し、愛しくも感じます。そんなわけで、最近。その写真とともに感謝の言葉を添えてメーカーに手紙を送りました。

学生時代から使い続けている三角定規

　メーカーからお礼状とともに、最新のホッチキスが2種送られてきて、またまた感謝

入社時に購入したブラシとくし

です。おそらく今後も使い続けると思いますし、本当に一生物といえます。

　このほか、入社してすぐ買った櫛やヘアブラシ（50年）、水彩クレヨン（30年）など、見まわしてみるといろんなものを長年使っていることに気づきます。これらを見るたびに、使うたびに、愛着を感じるとともに、何かしら心温まり、「心の豊かさ」さえ感じさせてくれます。

　皆さんの周りにもきっと長く愛用しているものがあるはずです。いいものを大事に末永く使い続け、心の豊かさを感じてください。

友は永遠の財産

　仕事や異文化交流活動やボランティア活動を通じて、たくさんの人々と出会うことができましたが、その貴重な出会いをその場限りとせず、交流を続けることで、一層素晴らしいものになり、財産となるように思います。

　地元の大学にアメリカのシカゴから客員教授としてやってきた老夫婦と出会う機会がありました。ご主人は、大学で哲学史を教えていましたが、奥さんのハビーナウマンさんは、パステル画を得意とするイラストレーターでしたが、「誰かモデルになってくれる人がいれば、絵を一緒に描きましょう！」と、あるときから私のゲストハウスで絵画教室が始まりました。平日の午後でしたので、私は参加することはできませんでしたが、参加していた妻伝えで、絵画のノウハウをいろいろ聞いていました。それがヒントになって、通勤の帰りの電車で絵を描くことを思いつき、楽し

絵画教室の様子

講師のハービーナウマンさん

い時間を過ごすことができました。

　彼女が、アメリカに帰ることとなったときに、個展を企画し、みんなで感謝の意を表しました。さよならパーティのときに、「私もあまり若くないから、5年以内に遊びに来てね」と言われました。

　一方、NPOシニアネット久留米の設立記念講演会で菊池徹さんに出会いました。そのときは、ただ名刺交換をして少し言葉を交わしただけでした。

　菊池徹さんは、南極第一次越冬隊の隊員で、「南極物語」で有名になった樺太犬タローとジローの育ての親で、カナダのバンクーバーにお住まいでした。

講演する元南極越冬隊の菊池徹さん

菊池徹さんとその仲間による歓迎会

絵画講師のハービーナウマンさんと４年ぶりに再会

　菊池さんに出会った約半年後、会社の勤続30年のお祝いとして、旅行券とお小遣いがもらえることになり、菊池さんが住むカナダのバンクーバーとハービーナウマンさんが住むアメリカのシカゴ、そしていとこの家族が住むサンフランシスコを訪問することにしました。

　メールで菊池さんにこのことを連絡すると、「大歓迎ですよ！歓迎会をしましょう！」と言ってくれて、菊池さんが所属するバンクーバーの「サイバー茶会」の仲間を含めて10名あまりの人たちが集まってくれて、心温まる歓迎会をしていただきました。バンクーバーのいい思い出ができました。

　また、続いて訪れたシカゴでは、5年以内という約束どおり、4年ぶりにハービーナウマンさんと再会ができました。彼女の家だけでなく、親戚の皆さんの家にもホームステイするなど、親族

ぐるみで歓待していただき思い出深い楽しいひとときを過ごしました。

　菊池徹さんは、残念ながらバンクーバーでお会いして8年後にお亡くなりになりましたが、こうして出会った方々とは、できる限り年賀状やクリスマスカード、Facebookなどで、交流を続けるようにしています。たとえ直接お会いしていなくても、SNSなどで出会った方とも交流を続けるようにしています。

　留学やイベントなどで日本を訪れた人々との交流を続けていると、その国を訪れたときに一緒に食事をしたり、観光案内をしてくれたり、家に食事に招いてくれたりと、旅行が一層楽しいものになります。結婚式に招待されることもしばしばです。

　海外の人々との出会いだけでなく、国内においても、出会いをその場限りにせず、交流を続けておけば、その人がいつ何時重要な役割を果たしてくれるとも限りません。

　相田みつをの言葉に、「そのときの出逢いが、人生を根底から変えることがある。よき出逢いを。」というのがありますが、いい出逢いをして、それを大切にしましょう！　一生の財産となります。

　一人一人が世界中にたくさんの友人をつくることで、国と国との争いごともなくなっていくと思います。このことが、世界を平和にする確かな一歩になることは、間違いのないことだと思います。その友達があなたのかけがえのない財産となって、あなたの人生を楽しく心豊かにしてくれます。

　平和な世界の構築を目指して、友達の輪を世界中に広げていきましょう。

お酒が飲めない人は……

　私は、小さいころから、たばこも吸わないし、お酒も飲まないと決めていました。

　その理由は、近所の人が、お酒を飲んで家族に暴力を振るったり、お酒がもとで自殺をしたり、お酒を飲んだあと自転車で帰宅途中に川に落ちて亡くなったりと、お酒を飲んで失敗した人を何人も見てきたからです。こども心に、酒は飲むものじゃないと決めていました。

　もともと祖父も父もあまり酒は飲めず、お酒を飲めない家系で、体質的にもそうだったのかもしれません。とは言っても、飲んで飲めないことはないとは思います。

　「お酒は飲めません」と言うと、ときどきお酒好きな人から、「お前は、人生を半分損しているよ」と言われました。仕事の話なども、「お酒を酌みかわしながらだとスムースにいくよ」とも言われました。

　しかし、そんなとき、私は心の中で「お酒を飲まないおかげで人生を2倍楽しんでいるよ」と思っていました。

　実際、夜、晩酌などでお酒を飲んだ後は、何もせずただ寝るだけだと思います。一方、私は、食後も自分の好きなことをいろいろしています。メールやLine、Facebook、MessengerといったSNSで世界中の人々とコミュニケーションをとったり、翌日の準備をしたりしています。とくに12時から午前3時ぐらいは、東

南アジアの国々の皆さんは、仕事を終えて食事をして一段落しているときなので、コミュニケーションに最適の時間なのです。また、何をするにも邪魔が入らずものごとに集中でき効率があがります。

　健康的ではないのでは？と言う人もいますが、105歳で亡くなられるまで、聖路加国際病院の名誉院長として生涯現役を全うされた日野原重明さんは、あるインタビューで「私は、12時からメールなどを見たり返信したりしていると、寝るのは、いつも午前2時、3時になるんですよ」と答えておられたので、「ああ！私と同じだ！」と心強く思ったものです。

　また、お酒を飲まないもう一つの利点は、飲酒運転の心配をする必要がないということです。飲酒運転撲滅の運動は行われているものの、いっこうに減りません。いったん事故を起こせば、一生を台無しにすることにもなりかねないのに、飲酒運転をやめられないのはどうしてでしょうか？　一種の麻薬だからでしょうか？

　飲酒運転の心配をする必要がないということは、本当に安心安全です。

　まあ、お酒を飲むにしろ、飲まないにしろ、そのことをプラスに持っていくことが肝要でしょう。

本当の支援とは？

　2014年1月、フィリピンの友人から誘われて、はじめてフィリピンを訪問したときのことです。往復の航空券のみを購入し、フィリピン内のスケジュールは友人に任せてマニラの空港に降り立ちました。空港には友人が迎えに来てくれていました。最初に連れて行かれたところは、修道院でした。到着すると、大勢のこどもたちが出迎えてくれました。中に入ると、そこには150人を超えるこどもたちが集まっていました。聞くと、スラムや貧しい地域に住むこどもたちだとのことでした。

　部屋の壁には、こどもたちの手による、私を歓迎するWelcome and Happy Birthday Shinichiro Mutaという文字が書かれた大きな紙が貼られていました。友人が、私の誕生日だということを伝えていたのでしょう。私にとっては思いがけないサプライズでした。

　こどもたちは歌ったり、踊ったりして私を歓迎し、誕生日を祝ってくれました。私もお礼にハーモニカやオカリナの演奏をしてこどもたちと楽しい時を過ごしました。

　通常は、日曜日に、修道院が貧しい地域のこどもたちを

フィリピンのこどもたちによる歓迎会と
誕生会

集めて、朝食と昼食を提供しているとのことでした。この日は木曜日でしたが、私が来るからということでわざわざ集まってくれたようです。

　あらためて、日曜日にこどもたちと再会し、一緒に教会に行きミサに参加しました。こどもたちは美しい歌声で讃美歌を歌い、牧師さんの説教もありました。こどもたちが話すのはタガログ語ですが、讃美歌の英語の歌詞や説教の翻訳がスクリーンに映し出されていてちょっとびっくりしました。その後、修道院に戻って、こどもたちは修道院の提供する昼食をとりました。

　午後は、修道院のシスターたちと、こどもたちが住むスラムを訪れました。山と積まれたゴミや悪臭がするどぶ川など、劣悪な環境に住みながらも、こどもたちの笑顔と輝くひとみや元気な姿に接すると、少し救われる思いがしました。ここでも簡単なミサのあと、こどもたちが歌や踊りを披露してくれました。私も再びハーモニカやオカリナを演奏し、折り紙やシャボン玉でこどもたちと交流しました。

スラムの出口まで見送りしてくれた女の子

　スラムをあとにしようと出口に向かって歩いているとき、1人のかわいい女の子が私に手をつないできました。私は、タガログ語を話せないので、わかるかなあと思いながらも英語で「How old are you?」と聞いてみたら、きれいな英

語で「I am 7 years old.」と返って来ました。スラムに住みながらも、ちゃんと英語ができるんだ！とちょっと驚きました。

　たぶん、学校で公用語としての英語を教えているだろうし、教会に行ったとき、讃美歌の英語の歌詞がスクリーンに映し出され、説教もタガログ語だったり英語だったりしたことを思い出し、きっと英語に接する機会が多いからだろうと納得しました。

　その女の子は、7歳にしては、栄養が不十分なのかきゃしゃな体つきでしたが、笑顔が素敵で、とても印象に残りました。

　7か月後の同じ年の8月に、再びフィリピンを訪問しました。今度は、ひとりではなく、仲間も加わり6名で訪問しました。こどもたちに昼食として日本のカレーを提供しようと、日本からカレールーを持ち込み、前日に、お米や、じゃがいも、玉ねぎ、鶏肉などの食材を調達しました。修道院のシスターは、日本のカレーがこどもたちの口に合うかどうか心配だから、唐揚げも一緒に提供して欲しいということでした。

　10時ごろから修道院の厨房で、シスターたちにも手伝っていただきながら、カレーを作りました。お昼が近づいたころになると、こどもたちが教会から修道院へ戻ってきて、私たちが作ったカレーをおいしそうに食べてくれました。修道院の皆さんの心配は、取り越し苦労となりました。

　1月に出会った女の子にも再会し、名前もジャニスということがわかりました。3人姉妹の長女で、両親と5人で、広場近くのいまにも雨漏りがしそうな、本当に粗末な家に住んでいました。1月のときよりちょっと成長した姿を見ることができました。

まるで自分の孫に会いに行くような気持ちで、翌年もまた会いにいきました。そのときは、卑下することなく家の中へ招き入れてくれ、父親にも会いました。3畳ほどの狭い部屋に、親子5人が寝泊まりしていました。勉強机などもないその劣悪な環境に涙が出そうになりました。

ジャニスとその家族5人は、3畳ほどの部屋に住んでいた

　さらに、その翌年、引き寄せられるように、4度目の訪問をしました。ジャニスは、9歳になっていました。そのとき、母親が「ちょっと待っていてください！」と言って、家に戻り写真を2枚持って来て、私に見せてくれました。1枚は、ジャニスがメダルを首からかけている写真、もう1枚は、賞状らしきものを受けとっている写真でし

9歳になったジャニス

た。「どうしたの？」と母親に聞いたら、「この子が、学校のクラスでトップになったんですよ！」と嬉しそうに話してくれました。

　このように、経済的にも物理的にも恵まれない劣悪な環境においても、努力してトップになったことに、感動の涙をおさえきれ

ませんでした。あとで静かに振り返ってこのことを考えたとき、自分勝手ではありますが、「こうして、フィリピンを訪問するたびに、会って声をかけていることが、ジャニスの励みになって、クラスのトップにもなれたのではないか？」と思いました。

　お金とか物の支援ではなく、「心に寄り添う」ことが、彼らの励みになり、これが「本当の支援」になっているのではと思いました。

　知り合いのスリランカ人が熊本で地震に遭遇し、避難生活を余儀なくされたとき、一番欲しかったのは、物資などの支援ではなく、「大丈夫？」とか「けがはなかった？」などという、ちょっとした声掛けだったと話してくれたのを思い出しました。孤立し

雑居ビルの一画に住むイライザとその家族

ているときに、ちょっとした声掛けをすることが、不安を和らげ、安心感を与える本当の支援になるということと共通するものを感じました。

　ジャニスと同じスラムに住んでいる踊りの好きなイライザとも知り合いました。

　2回目の訪問のときに、住んでいる不法占拠の雑居ビルの一角に招いてくれ、家族のみんなとも会いました。10人くらいの大家族で、そのうちの2人とは後日Facebookで友達になりました。

　ところが翌年訪問したときにそこにいませんでした。火事を起こしてどこかへ引っ越していったとのことでした。Facebookも音信が途絶えていました。すると2年後にFacebookで友達申請がきて、イライザとわかり、家族の様子や住所を教えてもらい、その年、引っ越し先を訪問しました。前のところよりは程度のいい政府が提供する住宅に住んでいて、家族みんなと再会を喜び合いました。お土産に、集めていたピアニカの一つを持っていきました。音楽が好きだったようで、とても喜んでくれました。

　翌年のはじめにイライザから「これは私が作詞作曲した歌です」といって、一つの楽曲を送ってきました。しばらくして、その曲が学校のコンテストで最優秀賞を獲得したという嬉しい知らせがきました。

　するとまもなく、今度は、高校を卒業するから卒業式に来て欲しいというメッセージが、前撮りと思われる卒業式の恰好をした写真付きで来ました。「誘われたら行く」を信条としている私は二つ返事で「行くよ！」と答えました。卒業式当日、現地を訪れ

ましたが、なんと卒業式は、夕方から始まるということで、5時過ぎに学校へ出かけていきました。卒業生の入場、校長や来賓の挨拶、卒業証書授与、卒業生代表のスピーチなど、式は延々と4時間近くあり、夜の10時近くになった最後にイライザが友達とステージに立ち、彼女が作詞作曲した歌を歌うのです。曲のタイ

卒業式姿のイライザ

トルは「The Brightest Tomorrow」と名付けられていました。歌詞がバックの大型スクリーンに映し出され、卒業生みんなとともに大合唱されました。私にとって、この卒業式の「トリ」での大合唱は、本当にサプライズで、涙が出るほどでした。

Chorus
We will soar high and reach new high
We will climb up above the sky
No one can turn me down
No one can turn us down
Coz we are the future of
This yesterday's dream

卒業式のトリで作詞作曲をした歌を歌うイライザ

このことも、ずっとお互いに声掛けをしながら、コンタクトを取り続けたことが励みになったのではと思いました。

　彼女は、「シンガーソングライターになりたい」という夢を語ってくれました。

　この話には続きがあって、高校卒業の翌年2020年の10月16日に1枚の赤ちゃんの写真とともに「Meet Eirix, my daughter」というメッセージが飛び込んできました。妹の間違いじゃないかと思い「ほんとうにあなたの赤ちゃん？　結婚したの？」と聞き返したら、「はい、私の娘で。昨日生まれました。結婚はしていないけど、ちゃんと大学は卒業しますよ。」ということでした。

19歳で母親になったイライザの娘エイリックス

　彼女の家を一緒に訪問したフィリピンの友人にそのことを話したら、「フィリピンでは普通ですよ！」という答えが返ってきてまたびっくり。私にとっては、全くのサプライズでしたが、フィリピンに孫ができたという喜びが湧いてきました。落ち着いたら、孫の顔を見にフィリピンを訪れるという楽しみもできました。

　これからもときどき声をかけながら、「心に寄り添い」母子ともの成長を見守っていきたいと思います。

親は子離れを！

　近年、少子化が進み、一人っ子が多くなっています。晩婚になったことや経済的なことがその理由と思われます。その結果、親がこどもにべったりで、いつまでも親から離れられないでいるこどもを多く見かけます。また、安全で住みやすい日本からわざわざ「危険な海外にこどもを留学させたくない」「一人っ子にもしものことがあったら……」と心配する親が増えてきていることも考えられます。

　その結果、日本人留学生は、ピーク時の約半分となっています。そうなると、国際社会で活躍できるグローバルな若者が育たないのではと危惧しています。

　日本の国連予算分担率は、アメリカ、中国、次いで3番目の8.6％（2020年）です。一方、国連職員4万人のうち、日本人職員数は、約1000人で2.5％しかいません。分担率からいえば、3倍の3000人いてもおかしくないのです。

　そこで、九州唯一の国連機関である、国連ハビタット福岡本部の支援をしている、私たちハビタット福岡市民の会では、国際社会で活躍する若者を多くしようと「若者よ

外務省から講師を招いてのシンポジウム

毎回100名ほどの参加者があり、関心を持っている人は多い

国連を目指せ」というシンポジウムを毎年開催していています。
毎回約100名ほどの参加がありますが、その中から、ひとりでも
多くの若者に国際機関で活躍して欲しいと願っているところです。
　いままでは、子が親離れして巣立っていくというのが普通でし
たが、最近は、子離れしない親がたくさんいて、こどもの自立を
阻害しているのではと思うことが多々あります。
　親は意識して子離れして、広い視野を持つ国際人を育てて欲し
いと願っています。国内で仕事をするにしても、国際感覚を身に
付けているといないとでは、大きな違いが出てきます。できるだ
け早い時期に海外を経験しておくことは、発想を豊かなグローバ
ル人材の育成に必ずや役に立つものと思います。
　可愛い子には積極的に旅をさせましょう！

雨ニモマケズ風ニモマケズ

　宮沢賢治の言葉に、
「雨ニモマケズ
　風ニモマケズ
　雪ニモ夏ノ暑サニモマケヌ
　丈夫ナカラダヲモチ……」
というのがあります。

　「強い身体」を持ちましょう！というのが宮沢賢治の主張ですが、私は、雨にも負けず、風にもまけない「強いこころ」も持ちましょう！と言いたいのです。

　あるときベトナムの留学生から、ベトナムの話をしてもらったことがありますが、盛り上がって、ベトナムに行ってみようということになりました。「ベトナムへ行きたい人！」と問いかけると、かなりの人たちが手を挙げました。しかし、具体的に旅程表をつくり提示し、実行段階になると、ちょっと職場の上司の許可を取れないとか、家族の同意が得られないとかいろんな理由で、何人かが抜けていきました。

　それは、単に「ベトナムに行く」という意志が弱いからだと思います。本当に行きたかったら、上司や家族を説得し、いろんな手立てを打って、どうしたら行けるかを一生懸命考える。そうしてこそ「ベトナムへ行く」ということが実現するのです。

　身近なことにおいても、今日は、雨だから、風が強いから、寒

いから出かけるのをやめておこうと予定していたことをキャンセルするのは、「意志が弱い」だけで、貴重なチャンスを逃していることにもなります。出かけるのと出かけないでは、そこに大きな差が出てきます。

　私はイベントを計画するとき「雨天決行」を強調します。もちろん雨が降っても大丈夫なような備えをしてからですが……。必ずやるんだという強い意志を示すことで、みんなが安心して集まってこられるのです。

　気象条件だけでなく、人の言葉に左右されて行動を委縮させていませんか？　いま一つ意志を強く持って、何事にも対処しましょう。

　これは、自分の「夢」の実現においても同じようなことがいえます。何とかしてして実現しようという意志が強ければ、夢は叶うし、意志が弱ければ夢は遠のいていくのです。

　もちろん「強い心」を持つためには「強い身体」がベースになることは言うまでもありません。田舎暮らしの私は、小さいころから泥んこになって遊んでいました。雑菌にまみれて生活していたので、自然とからだの中に抗体が備わっているのではないかと思うくらいです。予防接種をせずともインフルエンザにかかることもなく、ウィルスに侵されることもありません。また「笑って健康」を目指すグループにも所属していますが、「笑い」すなわち楽しく元気よくしていれば、病気も逃げていくのではないでしょうか。

災い転じて

　日本は、災害の多い国です。

　地震や津波、台風や豪雨・水害など毎年のように大きな災害が起きています。さらにそれに加えてインフルエンザなどの感染症にも見舞われています。

　100年前には、スペイン風邪が世界的に大流行し、世界では、2000〜4000万人が亡くなり、日本でも36万人が亡くなったとされています。今回の新型コロナウイルス感染症でも、世界の死者は170万人を超え、日本の死者も約3000人となっています（2020年末現在）。

　災害が多い国だからなのか、日本は、災害に強いともいわれています。災害からの立ち直りが早いというのです。

　第二次世界大戦で荒廃した日本は、わずか50年足らずで、GDP世界第二位の経済大国になったという実績もあります。

　2018年、友人の結婚式でインドネシアのマカッサルを訪問することになったとき、知人から、親族が経営するDayanu Ikhsanuddin大学で講

Dayanu Ikhsanuddin 大学で日本の戦後復興について講演

演して欲しいとの依頼が舞い込みました。

「どんなテーマを皆さんは希望しているの？」と尋ねたら、なぜ日本が目覚ましい戦後復興を成し遂げたのかその理由が知りたいとのことでした。私は、その理由を「まじめで勤勉な日本人の国民性と終身雇用」ではないかと考え、テーマを「技術者魂と私の異文化交流活動」と題して講演しました。英語での講演なんて初めてでしたが、講演を終えたときの皆の拍手と写真攻めにあったことで、まずまずの出来だったのかなぁとほっとしました。

　これには、もう一つおまけがついて、講演前日に行われた先の結婚式で、この講演の話をしていたところ、そこに居合わせたマカッサルのボソワ大学学長から、うちの大学でもやって欲しいとの依頼があり、急遽、帰国の日の午前中に講演をしました。同時にハサヌディン大学からも依頼があったのですが、準備が間に合わずまた日を改めてすることになりました。

　この2度の海外講演は、私にとって思い出深いものになったのと同時に、日本の災害復興に対する関心の高さを感じました。

　東日本大震災などのとき、スーパーマーケットなどでの略奪や空き家の盗難がほとんどなく、支援物資の配給にも整然と並んで混乱がなかったことに、世界

ボソワ大学での講演

から称賛の声があがり、日本の災害復興に対する関心の高さを感じました。

　今回のパンデミックにおいても、慌てることなく冷静に行動することで比較的被害が少なくなっているのではないでしょうか。「こういうときだからこそできること」をみんなで考えて、新たな社会システムを構築する絶好のチャンスと受け止めたらいいと思います。

　在宅勤務などにより生じた自分の時間を利用して、いままでできなかったことを実行したり、オンラインツールによる新たな仕組みを考えたりと、いろいろな可能性が広がります。

　この本も、こういう機会があったからこそ、最後の部分を完成でき出版できたのです。

　また、シニアの生きがいを高めるために行っていた活動の一つに「いきいきサロン」というのがあって、月に2回ほどみんなで集まっておしゃべり会をしていましたが、シニアの中には出かけ

オンラインによるシニアの皆さんとのおしゃべり会

るのが難しい人もいました。しかしオンラインですることによって、毎週でもできるようになり、コミュニケーションが容易になり、90歳近い人も参加できるようになりました。

　アジア太平洋こども会議・イン福岡の活動においても、海外の若者たちが一堂に会するというのはなかなか簡単にできるものではありませんでしたが、オンラインで行うことにより、世界30か国以上、150名を超える若者たちが一緒に話し合える場が実現できました。

　講演会やシンポジウムなどもオンラインでやれば、講師の交通費や宿泊費が節約できます。

　自宅にいる時間が長くなると、何をしていいかわからない人もたくさんいるのではないかと思いますが、これを機会に趣味を広げ、オンラインで友達の輪を広げるなど、いままでできなかったことをするチャンスととらえたらいいと思います。

　「災い転じて福となす」ためには、心豊かな人生を構築するための日ごろからの準備や心がけ、そして行動力が必要なことに気づかされます。

若さの秘訣

「青春とは心の若さである」というのは、実業家で詩人のサムエル・ウルマンの言葉ですが、経営の神様といわれた松下幸之助が、社員によく言っていた言葉でもあります。「信念と希望にあふれ勇気に満ちていて、日に新たな活動を続けるかぎり青春は永遠にその人のものである」と付け加えられています。さて「青春」の定義とは何でしょうか？

青春とは、20歳前後の若者だけが持っているものなのでしょうか？

若年寄という言葉があるように、年齢が若くても年寄じみている人がいます。ということは、逆に歳を重ねた人でも若い人がいるということです。それでは、何をもって「若さ」というのでしょうか？

当然ながら、健康であることがベースにあることは間違いのないことですが、大事なのは「心の若さ」だと思います。それでは若い人が持ち合わせているもので、歳を重ねると失ってくるものは、なんでしょうか？

私が得た一つの結論は、三つの心でした。

それは、「好奇心」「遊び心」「恋心」です。

こどもは、いつも「どうして？」と聞いてきます。これは、好奇心からくるもので、知識が増えてくるとだんだんその好奇心が薄れてくるようです。こどもは、なんでも見たがるし触りたがる。

209

人生を楽しくする 3 つの心
（若さの秘訣）

好奇心　　遊び心　　恋 心

歳をとっても「好奇心」を失わなければ、それが行動となって、身体が自然に動くのです。聞いてみよう、行ってみよう、やってみようが、心の若さを保つ一つのキーポイントとなる「好奇心」だと思います。

　こどもは、「遊び」の中で多くを学びます。一つのおもちゃでも、どうしたら楽しくなるかを常に工夫しています。一つのものごとでも、どうしたら楽しくなるか、楽になるかを考えることが「遊び心」なのです。頭も使いますが、できたときの喜びは、またひとしおです。そのことでさらなる次の楽しみを考えることになり、そこに頭を使い、ボケることもなく、次の行動が生まれ「若さ」が保てるのです。

　この「若さを保つ三つの心」の中で、一番重要なのが、「恋心」ではないでしょうか？　きれいな人、ハンサムな人、かっこいい人を見て、心をときめかせる。わくわくどきどきすることこそ「若さ」なのです。人に対してだけでなく、きれいな花、美しい景色に感動することも「若さ」です。美しい話を聞いて感動の涙を流す。これも「若さ」です。つまり「感受性」sensitivity

を持ち続けることなのです。

　ぜひ、この三つの心を持ち続けてください。

　さらに、これらに付け加えて、いつも気に留めておいて欲しいことがあります。それは、

「めんどうくさいは老化のはじまり」

です。

　心の中で。ふと「めんどうくさい」と思っても、それに打ち勝つ心と行動力があれば、老化を食い止めることができるはずです。これらは、必ずやあなたに「永遠の若さ」を与えてくれるものと信じています。

　いつまでも青春を謳歌しましょう！

10年の計のすすめ

　自分の人生において、結果的ではありますが、10年を節目に、いろいろ考えて目標をつくって実行してきたように思います。将来のことを考えるとき、5年先ではすぐやってくるし、20年、30年先は、先過ぎてなかなか見通せないし、夢を描きづらいと思います。結局、10年先ぐらいが、最も夢を描き目標を立てるのに適しているように思います。私の場合は、とくに1980年から10年計画を意識して活動してきました。このことが、自分自身の成長に大いに役立ったと考えます。ぜひこの10年計画を実行してみてください。

　あらためて自分自身の10年計画を振り返ってみると、下記のようになります。

1945　誕生

1960　写真を趣味とした時代

　　　中学時代以降、写真に親しんだことで行動的になり、多くの経験ができ、友達もたくさんできました。

1970　暮らしの近代化、快適化を目指した時代

　　　Let's enjoy our lifeを標語に、ホームパーティーを盛んに行い人生を楽しむことを実践するとともに、貧しい農家の生活の改善を目指して家を改築し、暮らしの近代化を図りました。

1980　パソコンとレーザーの時代

会社の仲間と、これからどういう時代になるかを議論し、マイクロプロセッサとレーザーの勉強を始めました。そしてパソコンを購入し、結果として時流に乗りパソコンの本を出版することができました。

1990　こころの豊かさの時代

バブル経済の絶頂期に、本当の豊かさに目覚め、「こころの豊かさ」は、個性と創造性を高めることにあると気づき、創造性開発研究を自分のライフワークにしようと考え、創造性開発研究所を設立し、実践の場としてクリエイトプラザを建設しました。と同時に、スリランカのこどもの教育里親となり、自分自身を改革していきました。

2000　生きがい創造の時代

創造性開発研究は、「生きがい創造」にステップアップし、悩める若者世代と団塊の世代の大量定年を迎えた自分世代の「生きがい」づくりを考えました。社外活動を活発化し、結果として定年をソフトランディングできました。

また、2001年からアジア太平洋こども会議・イン福岡のミッションプロジェクトにかかわり、こどもたちと一緒に毎年海外を訪れ視野を広げていきました。

2010　若者の活性化を推進する時代

これまで学んできたことを、団塊の世代のみならず、若者を含めた人々に伝達し、その育成と活性化を目指す活

動に力を注ぎました。

2020　グローバル化時代

クリエイトプラザのコンセプトの世界展開を図り、世界
の仲間とともに世界平和を目指して行きたいと思ってい
ます。

特 別 付 録

手作りの本を
つくる

あなたにもできる製本のテクニック

● 目 次 ●

はじめに

　ひとくちに「本」といっても、その種類はさまざまです。

　週刊誌、文庫本、コミック、専門書、趣味の本などなど……毎日、何百冊
もの本が出版され、本屋さんに並びます。

　作家になって自分の本を出版してみたいと思ったことのある人もいるかと
思います。しかし、本を出版するということは簡単にできるものではなく、
自費出版するとしても、数十万〜数百万円くらいかかります。

　この付録は、身近にある材料で、手軽に、安価に、短時間で「本づくり」
の楽しさと、感動を味わってもらおうというものです。

　ちょっとした絵でも額に入れると、ぐっと見栄えがします。そしてもっと
いい絵を描いてみようという意欲が出てきます。作った文章や創作物を、自
分の気に入った材料で製本し、世界に1冊しかない本に仕上げれば、次なる
創作意欲が湧いてきます。そして、いつの日か世に出版して優雅な生活を!
なぁーんて夢見るだけでも、毎日ワクワクします。

　つまり、この本づくりの目的は、本を作ることそのものではなく、創作物
を本にすることにより、次の創作意欲を引き出し、創造力を高めることにあ
ります。したがって、ここでは、糸で中とじかがりをして綴じていくような
手間のかかる本格的製本ではなく、できるだけ短時間に、身の回りの材料で
でき、かつ本物らしい、無線綴じによる製本の方法を説明しています。

　この付録が、創造性を高め、夢を育て、生きがいのある人生を築くための
一助になれば幸いです。

1. 本の各部の名称

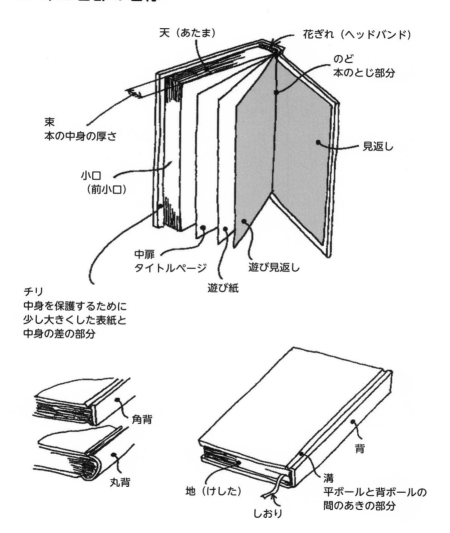

天（あたま）

花ぎれ（ヘッドバンド）

のど
本のとじ部分

束
本の中身の厚さ

見返し

小口
（前小口）

中扉
タイトルページ

遊び見返し

遊び紙

チリ
中身を保護するために
少し大きくした表紙と
中身の差の部分

角背

丸背

背

地（けした）

しおり

溝
平ボールと背ボールの
間のあきの部分

2. 必要な器具と材料

ホットプレート

・**ホットプレートまたはアイロン**
　小型の本の場合には、アイロンも
　使えます。

アイロン

・**ホットメルトシート**
　LIHIT LAB. 社　M-1082
　手に入らなければ、グルーガンと
　グルースティックを使うこともで
　きます。均一にのりをつけるのが
　やや難しいですが……。

・**定規**（30cm以上の直定規）

・**カッター、カッターマット**

・**木工用ボンドとスプレーのり**
　表紙に厚紙を貼るときに便利。

グルーガンとグルースティック

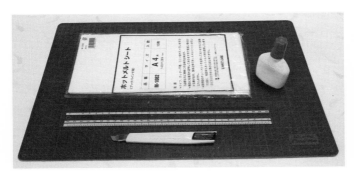

ホットメルトシート、定規、カッター、カッターマット、木工用ボンド

スプレーのり

・**板**

本文の背をホットメルトで加熱して綴じるときに、本文を挟むのに使います。小さい本のときは、かまぼこ板などで代用できます。

・**本文**

用紙は、通常のコピー用紙よりもコハクとかクリームイエローと呼ばれる少し肌色がかったものを使うとより本らしくなります。

・**見返し用紙**　少し厚めの和紙などがおすすめです。

・**表紙用紙**　レザックやコットンなど厚めの紙。

以下は、ハードカバーにするとき必要なものです。

・**表紙用厚紙**　厚さ2mm程度、プラスチックやほかの材料でも可。

・**表紙用布または紙**　和紙や包装紙、カレンダーなどもいいでしょう。

・**しおりや花布**　つけると、より本物らしくなります。

3. 本の構成

●左開きと右開き

一般に、文章が横書きだと左開き、縦書きだと右開きになります。

●ページ番号

左開きの場合は、開いた右側が奇数ページ、左側が偶数ページになり、右開きの場合は、その逆になります。

●ページ構成

表紙	
見返し	表紙および裏表紙と本文をつなぐための少し厚めの用紙
中扉	本のタイトルを書いたページ
まえがき	本を発行するにあたっての経緯、主旨などを書く。
	一般に、ここからページ番号が付けられます。
目次	項目内容と掲載ページを記載します。
本文	
付録	表などを付属する場合
あとがき	

著者略歴、本のタイトル、発行所、発行日、印刷所などを書きます。

4. ペーパーバックの本

A5サイズ（210×148㎜）のペーパーバックの本を例に説明します。

❶本文と見返し用紙を準備します。

　見返し用紙はA4サイズの用紙（柄入り和紙など）を2枚用意し、表を内
　側にして2つ折りして本文を挟みます。

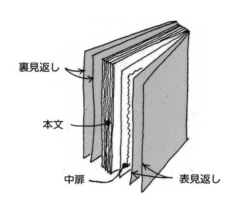

本文は、A4サイズの両面に印刷したものを2つ折りにして束ねると背の
接着が強くなります。縦書き（右開き）の場合は、表に1、4頁、裏に
3、2頁、横書き（左開き）の場合は、表に4、1頁、裏に2、3頁を印刷
し2つ折りにして束ねます。

〈右開きの場合〉

表	
1頁	4頁

裏	
3頁	2頁

❷表紙を準備します。

厚めのA4大の用紙を準備します。長手方向の長さはA4より本文の厚さ（ t ）を加えた長さとします。大きめの表紙にして後で本文に合わせてカットしてもいいです。

中央に210× t ㎜のホットメルトシートを貼り付けます。

この部分にホットメルト
シートを貼り付けます。

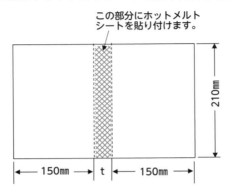

210㎜

150㎜　t　150㎜

❸本文と表紙を加熱接着します。

本文と見返し用紙を束ねたものを表紙で包み、板で挟み、あらかじめ180℃程度に加熱していたホットプレートに約1分程度押し付けます。加熱時間は、両端から接着剤が溶けてはみ出すのを目安とします。ホットプレートの上に薄い紙を敷いておけば、接着剤でホットプレートが汚れません。

加熱が終わったら、そのまま冷たい金属などの上に置いて冷やします。温かいうちに本を開いたりしないでください。

はみ出したのりをカッターで切り取ります。

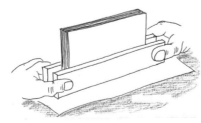

❹表紙カバーをつけるとさらに本らしくなります。

やや厚手のA3サイズ程度の用紙（写真用紙がお勧め）に写真などをバックに表題や著者名を印刷し、本体を包むと完成です。

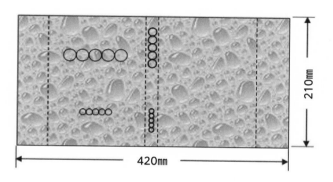

5．ハードカバーの本

❶表紙と裏表紙、背の厚紙を準備します。

厚さは、2mmぐらいの厚紙を使います。

なければ、1mmの厚紙を2枚張り合わせたり、プラスチックなどほかの材料を使っても構いません。

○表紙用（2枚）　縦　216mm←210（A5の縦）＋3mm（チリ）×2

　　　　　　　　　横　148mm←148（A5の横）＋3mm（チリ）＋増減

○背表紙（1枚）　縦　216mm←210（A5の縦）＋3mm（チリ）×2

　　　　　　　　　横　本文の厚さ+2（表紙の厚さ）×2

　　　　　　　　　本文の厚さが10mmの場合は14mm

本文の厚さ	2	4	6	8	10	12	14	18	22	26	30
表紙横幅増減	2	1.5	1	0.5	0	-0.5	-1	-2	-3	-4	-5
溝の幅※	4	4.5	5	5.5	6	6.5	7	8	9	10	11

※さらに厚い場合は、4mm厚くなるごとに1mm増やします。

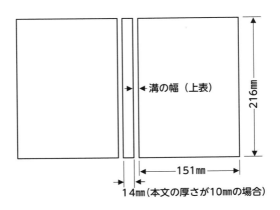

溝の幅（上表）

216mm

151mm

14mm（本文の厚さが10mmの場合）

❷表紙の布または紙を準備します。

　大きさは配置する表紙の厚紙より上下左右20㎜ほど広くします。

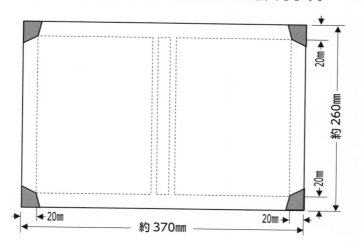

❸表紙の裏面にのりをスプレーし、❶で用意した厚紙を貼り付けます。

　四隅を上図のようにカットし、上下左右ののりしろを①、②の順で内側に
折り曲げます。のりが乾かないよう手早くしましょう。

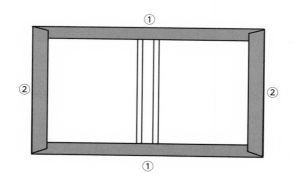

❹本文と見返し用紙を準備します。

4-❶と同じです。

❺バインド用紙を準備します。

少し厚めの用紙（見返し用紙と同じでもよい）を準備し、図のようにカットします。

t＝本文用紙と見返し用紙を束ねた厚さ

点線部分に210×tにカットしたホットメルトシートを貼ります。

この部分にホットメルトシートを
貼り付けます。

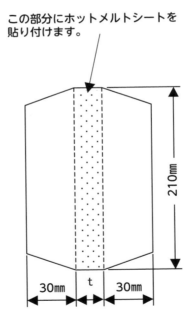

210㎜

30㎜　　t　　30㎜

❻背部分を接着します。

本文と見返し用紙を束ねたものを表紙で包み、板で挟み、あらかじめ
180℃程度に加熱していたホットプレートに約1分程度押し付けます。加
熱時間は、両端から接着剤が溶けてはみ出すのを目安とします。ホットプ
レートの上に薄い紙を敷いておけば、接着剤でホットプレートが汚れませ
ん。

加熱が終わったら、そのまま冷たい金属などの上に置いて冷やします。温
かいうちに本を開いたりしないでください。

はみ出したのりをカッターで切り取ります。

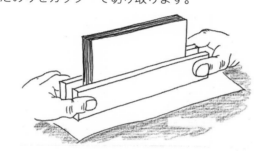

❼バインド用紙を斜線部分にボンドをつけて本文側に貼り付けます。
　（裏表とも）

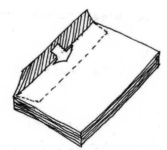

❽しおりをつけます。（必須ではありません）

背中にボンドでくっつけ、反対側を対角線方向に引っ張った30㎜先を切
ります。

❾花布<ruby>花布<rt>はなぎれ</rt></ruby>をつけます。（必須ではありません）

花布を背中の幅に切ってボンドで
付けます。平たいほうが、背表紙
側になります。

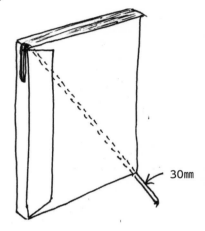

30㎜

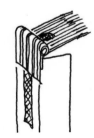

❿表紙と本文を合体させます。

表紙を閉じて、本文が表紙の中央にくるよう（上下のチリが同じになるよう）に配置し、本文を背にぴったり押し付けます。

片方の表紙を本文がずれないように静かに開いて、斜線の部分にのり（ボンド）を付け、表紙を閉じ、強く押し付けます。

裏返して反対側の表紙も同様に貼り付けます。

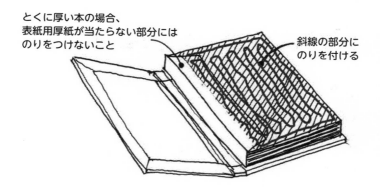

とくに厚い本の場合、
表紙用厚紙が当たらない部分には
のりをつけないこと

斜線の部分に
のりを付ける

⓫表紙にタイトルや著者名、挿絵を貼り付けたら完成です。

表紙が紙の場合は、あらかじめ印刷しておくのもいいでしょう。

6. スケッチブック

手軽に使えるはがきサイズのスケッチブックを作ってみましょう！

❶用紙の準備

絵が描けそうな紙をはがきサイズに切ります。何種類でも可。

はがきサイズ　148×100㎜

❷バインド用紙を用意します。

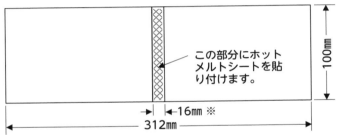

この部分にホットメルトシートを貼り付けます。

100㎜

16㎜ ※

312㎜

※用意する用紙の厚さに合わせます。（16㎜で約50枚収容）

❸背部分を接着します。

16㎜×100㎜のホットメルトシートを用意し、中央の部分に貼り付け、用紙を挟んでホットプレートで加熱接着します。

4-❸と同じ要領です。

アイロンですることもできます。

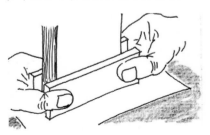

❹表紙用厚紙を準備します。

チリ（表紙と中身との差）をそれぞれ3mmとって

106×151mm←148+3（チリ）を2枚

106×20mm←16+2（表紙の厚さ）×2を1枚

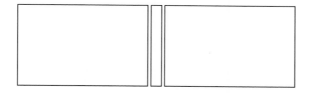

❺表紙用布または紙を準備します。

大きさは、のりしろを上下左右に20mmほど取ると

約150×330mmになります。

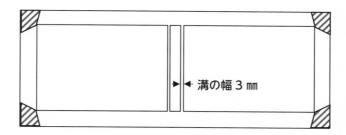

溝の幅３mm

裏面にのりをスプレーし、❹で用意した厚紙を貼り付け、四隅を切り取り、のりしろを折り曲げます。

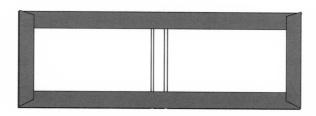

❻綴じひもを付けます。

　これは、スケッチブックらしくするためのオプションです。

　表紙の10㎜ぐらい内側に穴をあけ、ひも（約150㎜）を通し、表紙にボンドで固定したあと中身を合体します。合体したあとでも、穴をあけて、直径30㎜ぐらいの紙（バインド用紙と同じもの）を貼り付けてひもを固定することもできます。

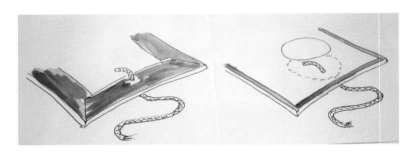

❼表紙と中味を合体させます。

　5-❿の要領と同じです。

　これと同じ要領で、メモ帳なども作ることができます。

7. スマホケース

スマホを保護するためのケースを作ります。

❶材料の準備

- ・自分のスマホに合ったスマホカ
  バーを用意します。
  古いケースについているものを
  再利用してもいいでしょう。
- ・1〜1.2㎜のプラスチック
  やや軟質がお勧め。大きさはス
  マホの2倍よりちょっと大きめ。
- ・ケースの表紙となる布　大きさ：スマホの4倍くらい
- ・屋外用強力両面テープ（20㎜幅、長さ150㎜程度）
- ・カッターナイフ（ペーパーカッターがあると便利）
- ・木工用ボンド（スプレーのりがあると便利）

❷スマホケースの芯となるプスチックの板を準備します。

やや軟質のもののほうがカメラの穴をあけやすい。

厚さ：1〜1.2㎜

カバーを付けた状態のスマホのサイズが

151㎜×78㎜×10㎜だと

　　縦155㎜←151＋4㎜

　　横幅　80㎜←78㎜＋2㎜

を2枚（片方は、カメラ開口部を切りとっておく）

　　縦155㎜←151＋4㎜

　　横幅　13㎜←10＋3㎜

を1枚準備し、それぞれ角を1㎜ほど丸めます。

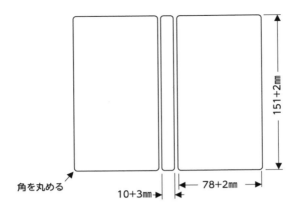

角を丸める

10+3㎜

78+2㎜

151+2㎜

❸ケースの表紙にする布を準備します。

335×185㎜の布の裏面にのりをスプレーしたあと、❷で準備した板を貼り付け、斜線の部分を切り取ります。

最初に上下ののりしろ部分を内側へ折り曲げ、次に左右ののりしろを内側へ折り曲げます。両面テープ分の隙間をあける。

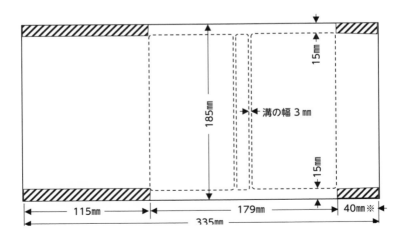

15㎜

溝の幅 3 ㎜

185㎜

15㎜

115㎜

179㎜

40㎜※

335㎜

※カメラ開口部が隠れるぐらいにする。

❹開口部を切り取ります。

スマホカバーを当ててカメラ
の開口部をなぞり、それより
大きめに裏表共切り取りま
す。
切り口は、糸くずなどがでな
いようにボンドを塗っておく
のもいいでしょう。

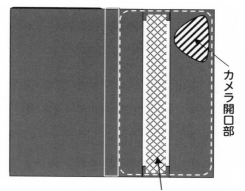

カメラ開口部

この部分に両面
テープを貼ります。

❺スマホカバーをスマホケースに固定します。

屋外用強力スポンジ両面テープ（厚さ1mm程度）を貼りスマホカバーをス
マホケースに固定します。これに、スマホをセットすれば完成です。

❻名刺などを入れるポケットをつけるとさらに便利です。

布または紙を下図のようにカットし、①，②、③の順に折ります。

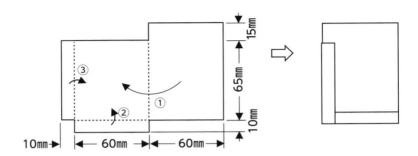

斜線の部分に10㎜幅の両面テープを
貼りスマホケースに貼り付けます。

8. ルーズリーフノート

ルーズリーフノートやシステム手帳などは、使っていると表紙が痛んでき
ます。しかし、リング金具などは、まだしっかりしています。
そのリングを使って、自分好みの表紙の手帳やノートにしましょう！
リングには、いろいろな形があります。

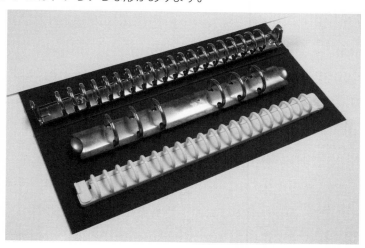

❶リングの背面が平面の場合

下図のようなリングの例の場合
まず、強力両面テープをリングの背中に貼ります。

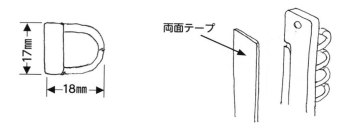

両面テープ

17㎜
←18㎜→

次に、表紙を作ります。

表紙厚紙（A5サイズノートの場合）2枚

　　縦　216mm←210mm（A5サイズの縦、またはリング金具の長さ）

　　　　　　　＋3（チリ）×2

　　幅　リング背からルーズリーフ用紙先端までの長さ+3（チリ）

　　　　インデックスをつけたり、クリアポケットを使用する場合は、

　　　　さらに広くします。一般に180mm程度。

背厚紙　1枚

　　縦　表紙厚紙と同じ

　　幅　21mm←リング幅17mm＋表紙厚2mm×2

上記厚紙を440×260mm大の表紙用布（または紙）の裏にのりをスプレーし貼り付け、のりしろを内側に折ります。

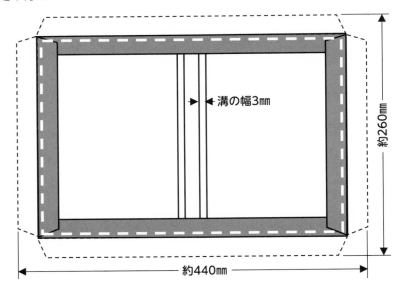

溝の幅3mm

約260mm

約440mm

これに、画用紙やコットン紙などの少し厚い紙を点線のように表紙より上下左右3mmほど狭く切ったもの（この場合210×380mm程度）を貼り付け、背の部分に両面テープを貼ったリングを中央に接着すれば完成です。

❷リングの背面が丸い場合（システム手帳の例）

強力両面テープを、丸い背中に沿って貼ります。

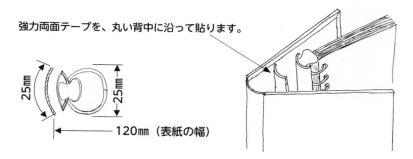

120㎜（表紙の幅）

表紙厚紙（190×120㎜）を2枚用意します。

背中の部分の厚紙は不要ですあ。のりしろをそれぞれ20㎜とった約350×230㎜の大きさの表紙用布を用意します。

表紙用布の裏にのりをスプレーし、溝の幅31㎜（リングの背の長さ25＋3㎜×2）をあけて両側に表紙厚紙を貼ります。

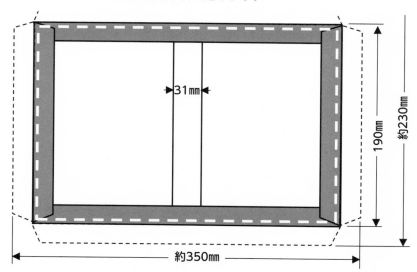

上下左右ののりしろを折り曲げます。

❶と同様に、これに、画用紙やコットン紙などの少し厚い紙を点線のように表紙より上下左右3mmほど狭く切ったもの（この場合184×265mm程度）を貼り付け、背の部分に両面テープを貼ったリングを中央に接着すれば完成です。

❸表紙を衣替えするとき。

手持ちのノートやファイルなどで、古くなった表紙を変えたい、または、気に入った布を表紙にしたい場合の方法です。

広げた表紙よりも上下左右それぞれ20㎜程度広い布または紙を用意します。

布の裏面にのりをスプレーし、ファイルを貼り付けます。
四隅の余分な部分を切り取って、内側へ折り曲げます。

表紙の内側に端よりそれぞれ3㎜ほど小さく切った少し厚めの紙を2枚用意し貼り付けます。

表紙にタイトルなどをつければ、
完成です。

9. 手づくりの本にするもの

「手づくりの本」にするものの案を下記へ
列挙してみました。

皆さんのアイデアで、いろんなものを本に
してみてください。

- ●メモ用紙…オリジナルの表紙でオリジナ
  ルの用紙を使って、メモ帳に
  するとメモも楽しくなりま
  す。プレゼントにも最適です。

- ●詩集・文集……学校の記念文集をこどもたちと一緒に手作りすれば、いい
  思い出になります。

- ●記念誌……製本を業者に頼まず、手作りすれば費用を節約できます。

- ●旅行記……たとえ紀行文が短くても、行った先々でのパンフレットや入場
  券・写真などと一緒にまとめると楽しい旅の想い出になるで
  しょう。

- ●家計簿……ルーズリーフ式で1年間つけたものを本にして記録として残し
  ましょう。数年ずつまとめるとより本らしくなります。

- ●自分史……誰でも1冊ぐらいは本を創りたいもの。一生を振り返って書い
  てみましょう。

- ●家系図……ルーツをたどっていくと思わぬことがわかってきて興味が増し
  ます。本にして親戚に
  配布すれば、喜ばれる
  こと請け合いです。

- ●写真集……好きな写真を集めて特
  別編集。ハードカバー
  でフォトブックに勝る
  ものを作りましょう。

●作品集……手芸、陶芸などの作品を写真に撮って、タイトル・作成日・コメントなどを加えて記録集を作りましょう。

●日記帳……オリジナルなものを作るもよし、システム手帳やルーズリーフ式の日記を製本するのもいいでしょう。
過去の喫記帳は、リングから外して、3年分をまとめて本にして保管したらどうでしょうか！

●年賀状……五十音順に製本しておけば、翌年年賀状を出すときに住所録代わりにもなります。

●本の再生……気に入ったペーパーバックの文庫本をハードカバー仕様に再生し、永久保存版にしましょう。補修も同様です。

●プリント……バラバラに学校から戻ってくるプリントを整理して製本し、タイムカプセルとして保存。

●作文………パソコンに入力し、プリンターで打ち出し表紙をつければ、次の創作意欲が増すでしょう。

●まんが……まんが家を志望する人、習作を本にしておくのも一案。

●絵画集……スケッチブックなどの中からいいものを画集に。
こどもが小さいころに描いた絵を本にして成人式にプレゼントすれば、サプライズの贈り物になります。

●便箋………好きな人へオリジナルレターヘッドつきの便箋をプレゼント。

●論文………卒論・修論・博士論文などを製本して提出すれば、合格率アップ。

●ブックカバー……手作りのブックカバーで読書を楽しくしましょう。

●創作絵本……自分の子どもに自作の絵本を作ってプレゼントしたらなんと素晴らしいことでしょう。

10. 用紙の仕様

用紙のサイズには、広さ（大きさ）を表す単位と、重さ（厚さ）を表す単位があります。また、紙をすくときの方向により紙の目というのがあります。

❶広さ（大きさ）

JIS規格用紙

一般によく使われているのは、JIS規格の仕上げ寸法で、A4とかB5というように使われています。

JIS規格の仕上げ寸法には、A列とB列があり、縦と横の長さの比は1：$\sqrt{2}$となっています。

基本の大きさの0番は、その広さが、

　　A列0番→1㎡

　　B列0番→1.5㎡

となっています。そして、0番の半分が1番、1番の半分が2番……となっているので、紙のサイズを忘れていても、この基本を知っておけば、縦横の紙の長さを計算で求めることができます。

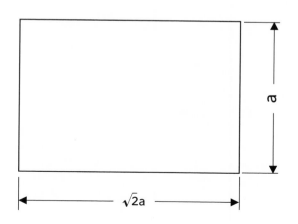

A0判

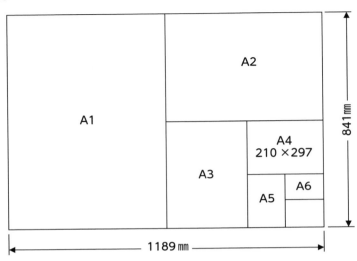

JIS規格用紙サイズ

番号	A列サイズ（㎜）	B列サイズ（㎜）
0	841 × 1189	1030 × 1456
1	594 × 841	728 × 1030
2	420 × 594	515 × 728
3	297 × 420	364 × 515
4	210 × 297	257 × 364
5	148 × 210	182 × 257
6	105 × 148	128 × 182
7	74 × 105	91 × 128
8	52 × 74	64 × 91
9	37 × 52	45 × 64
10	26 × 37	32 × 45
11	18 × 26	22 × 32
12	13 × 18	16 × 22

印刷用原紙サイズ

印刷用紙は、印刷製本したあと、裁断して仕上げるので、仕上げ寸法より、やや大きめのサイズとなっています。

紙の原紙	サイズ（mm）	備　　考
A列本判	625 × 880	
B列本判	765 × 1085	
四六判	788 × 1091	四六判仕上げ寸法　127 × 188
菊判	636 × 939	菊判仕上げ寸法　　152 × 227
ハトロン判	900 × 1200	

四六判

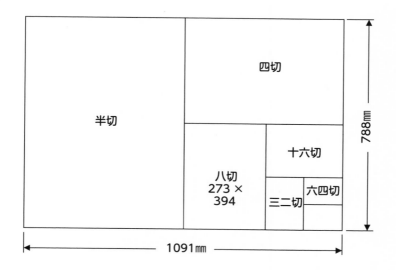

その他の参考サイズ

種　類		サイズ（mm）	備　　考
封筒	長形1号	142 × 332	美濃判横三つ折り
	2号	119 × 277	B5判縦二つ折、A4判横三つ折
	3号	120 × 235	A4判横三つ折、定形郵便物最大
	30号	92 × 235	半紙判横四つ折（最小 90X140）
	4号	90 × 205	B5判横四つ折
	5号	90 × 185	〃
	角形0号	287 × 382	レントゲンフィルム
	1号	270 × 382	B4判
	2号	240 × 332	A4判
	20号	229 × 324	
	3号	216 × 277	B5判　週刊誌　写真六切
	4号	197 × 267	B5判　大学ノート　株券
	5号	190 × 240	A5判　書籍雑誌，入学願書
	6号	162 × 229	A5判
	7号	142 × 205	B6判　B4判横四つ折
	8号	119 × 197	給料袋　ダイレクトメール
	洋形1号	120 × 176	大型招待カード
	2号	114 × 162	A4判横縦四つ折　招待カード
	3号	98 × 148	B5判横縦四つ折
	4号	105 × 235	A4判横三つ折　エアメール（大）
	5号	95 × 217	A5判縦二つ折　コンピュータカード
	6号	98 × 190	B5判横三つ折　エアメール（小）
	7号	92 × 165	A5判横三つ折
写真	全紙	457 × 559	18 × 22 インチ
	半切	356 × 432	14 × 17 インチ
	四切	254 × 305	
	六切	203 × 254	10 × 12 インチ
	キャビネ（2L）	127 × 178	8 × 10 インチ
	kgサイズ	102 × 148	5 × 7 インチ
	ハイビジョンサイズ	102 × 181	はがき相当
	Lサイズ	89 × 127	
	サービスサイズ	82 × 117	
	手札	83 × 108	31/4 × 41/4 インチ
その他	A3ノビ	329 × 483	
	画用紙	273 × 394	四六判　八切
	リーガルサイズ	216 × 356	8½ × 14 インチ
	レターサイズ	216 × 280	8½ × 11　国際A4
	週刊誌	182 × 257	B5判
	菊判	152 × 227	菊判　　一六切
	四六判	127 × 188	四六判　三二切
	文庫本	105 × 148	A6判
	新書判	103 × 182	
	葉書	100 × 148	
	システム手帳	148 × 210	A5判
		95 × 172	バイブル判
		80 × 128	ミニ6穴
	名刺	55 × 91	
	クレジットカード	54 × 86	

❷重さ（厚さ）

紙の厚さは、一般に四六判の大きさの紙1000枚（1連）の重さ（連量と呼ぶ）で表されます。

連量70kgということは、四六判（788×1091㎜）

≒0.86㎡　1000枚で70kgということです。

したがって、四六判1枚は、70ｇということになります。

Ａ4判（210×297㎜）≒0.062㎡　1枚だと約5ｇ

に相当します。

	広さ（㎡）	連量（Kg）						
米坪	1	52.3	64	81.4	104.7	128	157	209.4
四六判	0.86	45	55	70	90	110	135	180
B列本判	0.83	43.5	53	67.5	87	106	130.5	-
A列本判	0.55	28.5	35	44.5	57.5	70.5	86.5	-
菊判	0.597	31	38	48.5	62.5	76.5	93.5	-

	広さ（㎡）	一枚の重さ（g）						
Ｂ4判	0.094	4.8	6	7.6	9.8	12	14.7	19.6
Ａ4判	0.063	3.3	4	5.1	6.5	8	9.8	13.1
Ｂ5判	0.047	2.4	3	3.8	4.9	6	7.4	9.8

❸紙の目

紙には「目」というのがあって、印刷用原紙の仕様には、縦目（Ｔ目）と横目（Ｙ目）があります。

縦目（Ｔ目）……紙の目が長手方向になっているもの
横目（Ｙ目）……紙の目が短手方向になっているもの

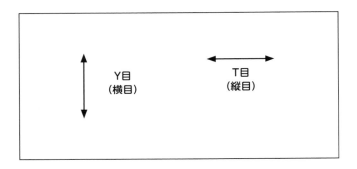

製本の場合には、一般に本文の紙の目が背と平行になるようにします。紙の目が直角になると、ページを開くとき、紙が立って開きにくい場合があります。

縦開きにするときは、縦目、横開きにするときや二つ折りにして縦開きで使うときは、横目を使います。

縦開き　　　　　　　　　　　横開き

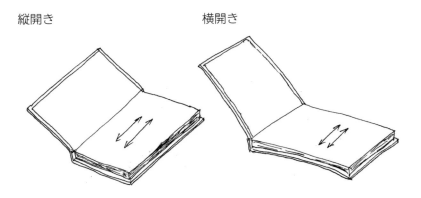

紙の目を簡単に調べる方法をいくつか示します。

・軽く折り曲げてみる……紙の目に平行に曲がりやすい。

曲がりやすい　　　抵抗感がある

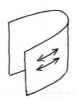

・破ってみる……紙の目に沿って破れやすい。

直線的に裂ける　　　斜めに裂ける

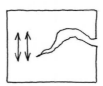

・短冊状に切った紙を重ねて端を持つ……紙の目に平行な軸で曲が
りやすい。

垂れ下がったほうが横目

重なったままのときは上側が横目

・片面を濡らしてみる……紙の目と直角な方向に伸びやすい。

カールした軸の方向が紙の目

あとがき

「生かされている！」

　振り返って考えてみると、いままでいろんな人々に出会い、自分が「生かされている」、すなわち「生きがい」を与えられていることに気づきます。

　パソコンの本を出版できたのは、パソコンを買った会社のＫ社長との出会いであり、「本にしたら面白いかもね！」という一言でした。

　国際交流（異文化交流）のきっかけも、妻の「こんな新聞記事があるよ！」という言葉でした。

　写真展を開くきっかけは、ある友人が、私が撮影した写真を見て、「64（ムシ）歳になったら、写真展を開いたら？」と言って、「花と虫」というテーマで写真を撮るヒントを与えてくれたことです。

　人生の中で、いろんな人に出会ったときに、それを素直に受け止め、実行に移したことが、自分自身の「生きがい」となっていっています。

　「ふと心にとめる」というアンテナを持つことと、それを「自分の楽しみ」として実行すること、そして「続ける」ことが肝要だと常々感じています。

　誘われたら行く、頼まれたらやるということをフットワークよく実践することで、さまざまな人と出会い「生きがいのある楽し

い人生」を築くことができていることを実感します。

　そして、家族および友人たちの協力があってこその人生だと深く感謝する次第です。これからも末永くよろしくお願いします。

牟田慎一郎 _(むた しんいちろう)

1945年1月27日　福岡県小郡市生まれ
1963年　　福岡県立明善高等学校卒業
1968年　　九州工業大学　電気工学科卒業
　　　　　同年　九州松下電器株式会社入社
2005年　　同社を定年退職

創造性開発研究所　代表
C.P.I.教育文化交流推進委員会　理事
セミナー企画室 Cosmopolitans　代表
おごおり国際交流協会　会長
西日本スリランカ奨学金協会　理事
シニアネット久留米　理事長
ハビタット福岡市民の会　代表
日本ハビタット協会　理事・福岡支部長
福岡United Children　代表（シニアアドバイザー）
アジア太平洋こども会議・イン福岡　ボランティア
ほか

著書　　　『PC-Techknow8000』システムソフト、1982（アスキー出版、1982）
　　　　　『PC-Techknow8000mkⅡ』システムソフト、1984

生きがい創造

──人生を楽しくするヒント

令和3（2021）年1月27日　初版第一刷発行

著　　　者	牟田慎一郎	
発　行　者	川端幸夫	
発　　　行	集広舎	

　　　　　　　〒812-0035　福岡市博多区中呉服町5番23号
　　　　　　　電話092（271）3767　FAX092（272）2946
ホームページ　https://shukousha.com
装丁・組版　　株式会社クリエイティブ・コンセプト
印刷・製本　　モリモト印刷株式会社

©Muta Shinichiro 2021 Printed in Japan
ISBN978-4-86735-003-4　C0076